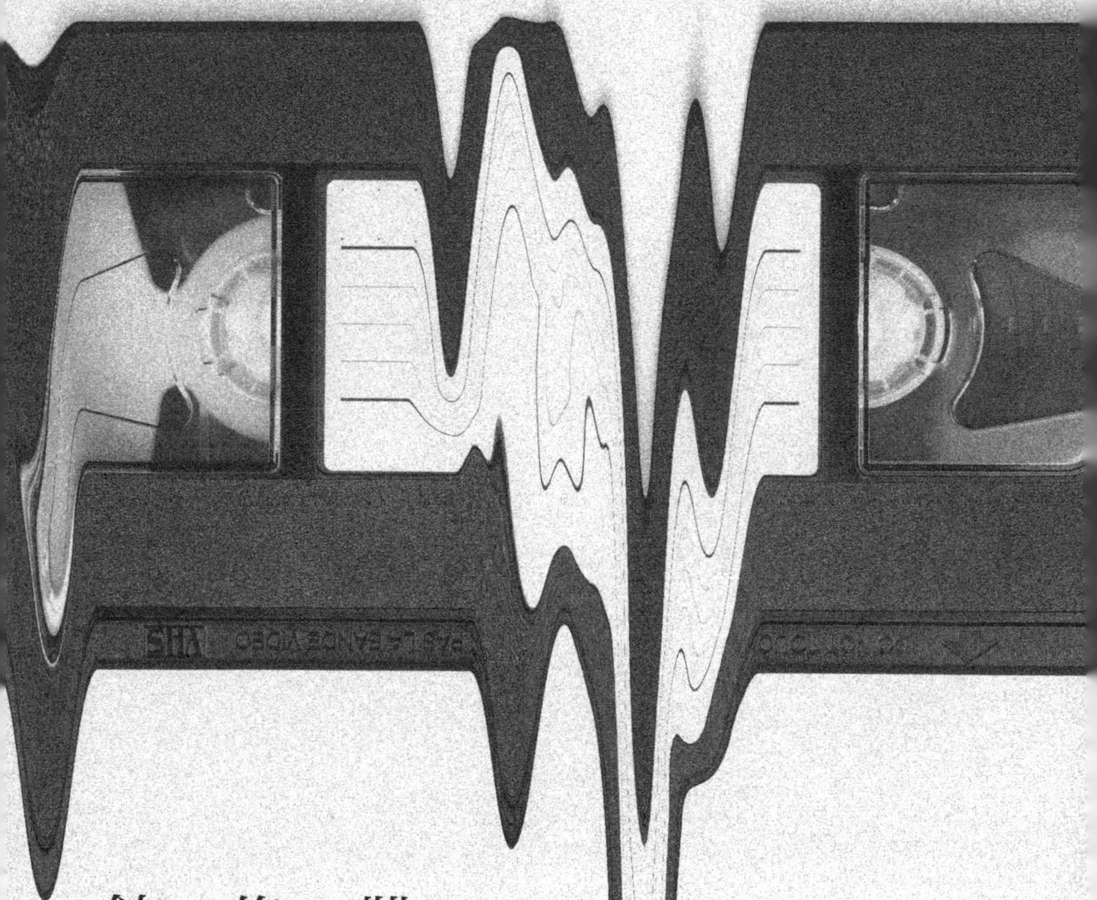

錄像帶電影

從中國到世界，
余華的35則
文學、文化、政治、時事觀察體驗

余華

目次

錄像帶電影

錄像帶電影

可能是在一九八八年的某一天，那時我正在魯迅文學院上學，我從北京東部的十里堡來到西部的雙榆樹，擠進狹窄和慢速的電梯，然後用手指的關節敲響吳濱的家門。當時吳濱剛剛發表了一組《城市獨白》的小說，意氣風發地和王朔他們搞起了一家名叫「海馬」的影視創作公司。現在我已經忘記了自己當時轉了幾次公車，忘記了是在秋天裡還是在冬天裡從東到西穿越了北京城，只記得自己是獨自一人，還記得自己那時留著鬍鬚，而且頭髮遮掩了耳朵。我坐在並不比電梯寬敞多少的客廳裡，從下午一直到深夜，我忘記了和吳濱、劉霞說了什麼話，也忘記了這對十多年前就分手的夫婦請我吃了什麼，我只記得中間看了一部讓我銘心刻骨的錄像帶電影，英格瑪·柏格曼的《野草莓》。

這是我有關八十年代美好記憶的開始，錄像帶電影美化了我此後兩年的生活，我差不多每個星期都會去朱偉在白家莊的家，當時朱偉是《人民文學》的著名編輯，後來他去三聯書店先後主編了《愛樂》和《三聯生活週刊》，白家莊距離魯迅文學院所在的十里堡不到五公里，認識朱偉以後我就不願意再去遙遠的雙榆樹欣賞錄像帶電影了。我曾經在街上遇到劉霞，她問我為什麼不去看望她和吳濱了？我說太遠了。然後我問她：你們為什麼不來看望我？劉霞的回答和我一樣，也說太遠了。

那時候我住在魯迅文學院的四樓，電話就在樓梯旁，朱偉打來電話時經常是這樣一句話：「有好片子。」這時候他的聲音總是神祕和興奮。到了晚上，我就和朱偉盤腿坐在他家的地毯上，朱偉將白天借來的電影錄像帶塞進錄像機以後，我們的眼睛就像是追星族見到了心儀的明星一樣盯著電視螢幕，用今天時髦的話說，我和朱偉是當時錄像帶電影的絕對粉絲。我們一起看了不知道多少部錄像帶電影，柏格曼、費里尼、安東尼奧尼、戈達爾等現代主義的影片。這些電影被不斷轉錄以後變得愈來愈模糊，而且大部分的電影還沒有翻譯，我們不知道裡面的人物在說些什麼，模糊的畫面上還經常出現錄像帶破損後的閃亮條紋。我們仍然全神貫注，猜測著裡面的情節，對某些畫面讚歎不已。我還記得，當我們看到電影裡的一個男人冷漠地坐在角落的沙發上，看著自己和一個女人做愛時，我們會喊叫：「牛！」看到電影裡一些人正在激烈的槍戰，另一些人卻是若無其事地散步和安靜地坐在椅子裡看書時，我們會喊叫：「牛！」當格非來到北京時，盤腿坐在朱偉家地毯上看錄像帶電影就是三個人了，喊叫「牛！」的也是三個人了。

我就是在這間屋子裡第一次見到蘇童，那是八九年底的時候，朱偉打電話給我，說蘇童來了。我記得自己走進朱偉家時，蘇童立刻從沙發裡站起來，生機勃勃地伸出了他的手。不久前我在網上看到蘇童在復旦大學演講時，提到了我們第一次見面的情景。他說第一次見到我的時候，感覺是他們街上的孩子來了。回想起來我也有同樣的感覺，雖然我和蘇童第一次見面時已經二十九歲了，蘇童那時二十六歲，可是我們彷彿是一起長大的。

在我的記憶裡，第一次看的錄像帶電影就是柏格曼的《野草莓》。我的童年和少年時期把八部革命樣板戲看了又看，把《地雷戰》和《地道戰》看了又看，還有阿爾巴尼亞電影《寧死不屈》和《勇敢的人們》等等，還有朝鮮電影《賣花姑娘》和《鮮花盛開的村莊》，前者讓我哭腫了眼睛，後者讓我笑疼了肚子。文革後期羅馬尼亞電影進來了，一部《多瑙河之波》讓我的少年開始想入非非了，那是我第一次在電影裡看見一個男人把一個女人抱起來，雖然他們是夫妻。那個男人在甲板上抱起他的妻子時說的一句臺詞「我要把你扔進河裡去」，是那個時代男孩子的流行語，少年時期的我每次說出這句臺詞時，心裡就會悄悄湧上甜蜜的憧憬。

文革結束以後，大量被禁的電影開始公開放映，這是我看電影最多的時期。文革十年期間，翻來覆去地看樣板戲，看《地雷戰》、《地道戰》，看阿爾巴尼亞朝鮮電影，文革結束後差不多兩三天看一部以前沒有看過的電影，然後日本電影進來了，歐洲電影也進來了，一部《追捕》我看了三遍，一部《虎口脫險》我看了兩遍。我不知道自己看了多少電影，可是當我在一九八八年看完第一部錄像帶電影《野草莓》時，我震驚了，我第一次知道電影是可以這樣表達的，或者說第一次知道這個世界上還有這樣的電影。那天深夜離開吳濱的家，已經沒有公車了，我一個人行走在北京寂靜的街道上，熱血沸騰地走了二十多公里，走回十里堡的魯迅文學院。那天晚上，應該說是凌晨了，錄像帶電影《野草莓》給予我的感受是：我終於看到了一部真正的電影。

二〇〇六年十一月十六日

非洲

我記憶裡有關非洲的兩個敘述攜手而來。

第一個敘述從遙遠的童年裡走了出來。當時我正在經歷著文革的歲月，毛澤東三個世界的理論如雷貫耳，我們人人都有這樣的口頭禪：亞洲、非洲和拉丁美洲的人民是中國人民的兄弟姊妹。一些非洲國家的領導人接踵而來，他們和毛澤東握手的照片刊登在《人民日報》的頭版頭條。這些總統大多擁有上校或者少校的軍銜，記得有一位總統的軍銜是准將，我們這些孩子立刻奔相走告：「這次終於來了一個將軍。」當時讓我深感自豪的是我們中國無私地援助了非洲，為此我們的報紙、廣播和新聞紀錄片周而復始地報導這些光輝事蹟：我們援建了坦贊鐵路，我們的醫療隊在非洲治病救人，我們的農業技術人員在非洲種植大片稻米……

第二個敘述來自巴黎。二〇〇八年春天我在為《兄弟》法文版做宣傳時，遇到法國國際廣播電臺的一位多哥裔女記者，四十多歲，性格開朗，不斷張嘴大笑。採訪結束後，她告訴我，她小時候有很多中國人到多哥幫助種植稻米，這些遠離家鄉的中國男人大規模種植稻米的時候，也大規模和多哥女人做愛，留下了大規模的混血兒。這位女記者的一個表弟就是一個中國農業技術人員留下的孩子。說到最後，這位多哥裔的女記者放聲大笑，她說多哥曾經流行過一句諺語：「中國人留下的孩子比留下的稻米還多。」

這兩個關於非洲的敘述殊途同歸，共同講述了中非友誼。

二〇一〇年四月二〇日

給賽繆爾・費舍爾講故事

「我是一個漁夫。」塞繆爾・費舍爾說：「余先生，請你給我講講中國的捕魚故事。」

這時候我們坐在巴德伊舍的河邊，仰望河流對面靜止的房屋和房屋後面波動的山脈。夏日午後的陽光從山脈那邊照射過來，來到我們這裡時，陽光全部給了我的這一邊，塞繆爾・費舍爾那邊一絲陽光也沒有，他坐在完全的陰影裡。我們中間的小圓桌上呈現出一道明暗分隔線，我這邊是金黃色的，塞繆爾・費舍爾那邊是灰藍色的。

我說：「費舍爾先生，我感到我們像是兩張放在一起的照片，一張是彩色照片，一張是黑白照片。」

他點點頭說：「我也感受到了，你在彩色裡，我在黑白裡。」

我用防曬霜塗抹了臉部，然後遞給他，他擺擺手表示不需要。我看看他坐在寧靜的灰藍色裡，心想他確實不需要。我戴上墨鏡，向著太陽方向眺望，發現藍色的天空裡沒有一絲白雲。根本就沒有雲層遮擋陽光，為何我們這裡卻是明暗之分？我喃喃自語：「真是奇怪。」

塞繆爾·費舍爾洞察到了我的想法，他淡然一笑：「余先生，你還年輕，到了我這把年紀，什麼奇怪都不會有了。」

「我不年輕了。」我說。

塞繆爾·費舍爾輕輕地搖晃了一下手指說：「我在你這個年紀時，易卜生和豪普特曼正在我的耳朵邊吵架。」

「費舍爾先生，」我說，「如果你不介意，能告訴我你的年齡嗎？」

「不記得了。」塞繆爾·費舍爾說，「就是一五〇歲生日那天的事，我也忘記了。」

「可是你記得S. Fisher出版了我的書？」我說。

「這是不久以前的事，所以我記得。」塞繆爾·費舍爾繼續說，「不過，我忘記了是巴爾梅斯，還是庫布斯基告訴我的。抱歉的是，我沒有讀過你的書。」

「沒關係。」我說，「巴爾梅斯和庫布斯基讀過。」
「給我講講你捕魚的故事吧。」塞繆爾．費舍爾說。
我說：「我做過五年的牙醫，可以給你講幾個拔牙的故事。」
「不，謝謝！」塞繆爾．費舍爾說，「你一說拔牙，我就牙疼。或許巴爾梅斯和庫布斯基會喜歡，可我喜歡聽捕魚的故事。」
「或許，」我接過他的話說，「湯瑪斯．曼和卡夫卡他們可以給你講講捕魚的故事。」
「他們，」塞繆爾．費舍爾嘿嘿笑了，「他們就想和我玩紙牌……你知道為什麼？因為他們輸了不給我錢，而我贏了還要給他們錢。」
塞繆爾．費舍爾看著我問道：「你喜歡玩紙牌嗎？」
我說：「有時候。」
「什麼時候？」
「和巴爾梅斯和庫布斯基在一起的時候，也是我輸了不給錢，他們贏了還要給我錢。」

塞繆爾・費舍爾又嘿嘿笑了，他說：「作家們都是一路貨色。」

我驚訝地發現塞繆爾・費舍爾說著一口流利的中文，而且沒有一絲外國人的腔調。如果不是看著他的臉，我會覺得是在和一個中國人聊天。我說：「費舍爾先生，你的中文說得真好，你在哪裡學的？」

「中文？」塞繆爾・費舍爾搖搖頭說，「我從來沒有學過。我倒是見過，中文是很神祕的語言。」

「你現在說的就是中文。」我說。

「我一直在說德語。」塞繆爾・費舍爾認真地看著我，「余先生，你的德語說得不錯，像一個地道的法蘭克福人。」

「不！」我叫了起來，「我一直在說中文，我根本不會說德語。」

在巴德伊舍的這個下午，奇妙的事情正在發生，塞繆爾・費舍爾說出的德語來到我這裡時是中文，我說出的中文抵達他那裡時是德語。我從未有過這樣的經歷，就是在夢中也沒有過。

「真是奇怪，」我感嘆起來，「我說中文，你聽到的是德語；你說德語，我聽到的是中文。」

「你們這個世界裡的人總是大驚小怪。」塞繆爾・費舍爾用手指的關節輕輕敲打著圓桌灰藍色的那一面，表示這個話題結束了。隨後他再次說：「我是一個漁夫，給我講講你的捕魚故事。」

「好吧。」我同意了。

我首先向塞繆爾・費舍爾說明，我要講的不是漁夫的捕魚故事，也不是牙醫的捕魚故事，而是一個中國孩子的捕魚故事。

那是文化大革命時期，我正在中國南方的一個小鎮上成長，一條小河從我們的小鎮中間流淌過去。小河裡沒有捕魚的故事，只有航運的故事，捕魚的故事發生在鄉間的池塘裡。當時我家還沒有搬進醫院的宿舍樓，還居住在一條小巷的盡頭。我在夏天早晨打開樓上窗戶看到的就是一望無際的田野，幾個池塘散落在那裡，在陽光下閃閃發亮彷彿是田野的眼睛。我們小鎮四周的田野裡有不少池塘，夏季常常沒有雨水，乾旱的稻田就需要池塘裡的水來灌溉。

童年的夏天在我記憶裡炎熱和無所事事，如果傳來水泵的抽水聲，那麼激動人心的時刻來到了。我們這些穿著短褲背心的男孩向著水泵發出的聲響奔跑過去，團團圍住正在抽水的池塘，看著池水通過水管流向近旁的稻田。那時候的池塘彷彿正在下沉，當水面逐漸變淺時，水中的魚開始跳躍了，我們在岸邊歡蹦亂跳，我們和魚一起跳躍。池水愈來愈淺，池底的淤泥顯露出來後，魚兒們在殘留的水裡還在努力跳躍。我們這些男孩將身上的背心脫下來，一頭繫緊了變成布袋，踩進池塘的淤泥裡，把魚一條一條地抓進用背心改裝的布袋，這些魚還在拚命掙扎，從我們手裡一次次滑出，我們再一次次地抓住牠們……這不是捕魚，這是撿魚。

我和哥哥各自提著裝滿背心布袋的魚回到家中後，不是馬上將魚放進水缸裡，而是找來兩根繩子，將繩子從魚嘴裡穿進去，從魚鰓處穿出來。然後重新穿上沾滿魚鱗的背心，我把穿在繩子裡的魚斜挎在身上，我哥哥則是提在手裡，我們兩個大搖大擺地走向了父母工作的醫院。我們得意洋洋，我們背心上沾著的魚鱗在陽光裡閃亮，很像現在那些明星們亮閃閃的衣服。我斜挎在身上的魚有十多條，我覺得身上像是斜挎著子彈匣子，我的雙手一路上都在做出衝鋒槍掃射的動作，嘴裡「噠噠」地叫個不停。有幾條魚還在掙扎著用尾巴拍打我的身體，我只好暫時停下嘴裡掃射的「噠噠」聲，命令牠們「不許動，給我繳械投降」。我哥哥相對沉穩，面對街道上人們驚訝的嘖嘖聲，他昂首闊步，一副趾高氣揚的表情。

在那個貧窮的年代裡，人們一年裡難得吃上幾次魚和肉，看到兩個男孩身上挎著和手裡提著三十來條大小不一的魚，街上的行人羨慕不已，紛紛走過來打聽是從哪裡捕來的？我的嘴裡正忙著「噠噠」的衝鋒槍掃射聲，我哥哥回答了他們。他們急切地問那個池塘裡還有魚嗎？我哥哥一臉壞笑地欺騙他們說還有很多魚。他們有人開始向著那個池塘的方向奔跑，可是迎接他們的只有池塘裡的淤泥了。

我們炫耀之旅的目的地是醫院，我們的父親正在手術室裡忙著，我們走進了母親所在內科門診室。正在給病人開處方的母親看到我們滿載魚兒進來，自然是笑容可掬，同時抱怨我們背心上都是魚鱗，說她清洗時會很麻煩。坐在母親對面的醫生只有一個女兒，十分失落地說她要是有兒子就好了，兒子會給她捕來很多魚，而她的女兒只會吃魚。我母親就讓我哥哥給她幾條魚，我哥哥解開繩子，慷慨地取下了五條魚給了她。她立刻喜氣洋洋了，用了不少動聽的詞彙誇獎我哥哥，還說等她女兒長大了就嫁給我哥哥，弄得我哥哥滿臉通紅，伸手指著我連連說：「嫁給他，嫁給他……」

塞繆爾．費舍爾聽完了我的捕魚故事，他愉快地笑著說：「我小時候也在乾旱後暴露出來的河床淤泥裡抓過魚……你們把魚穿在繩子裡走上大街的情景，我喜歡。」

我眺望遠處，感到太陽從一個山峰移到了另一個山峰上，可是我和塞繆爾．費舍爾之間小圓桌上的明暗分隔線沒有絲毫變化。塞繆爾．費舍爾所處的地方是那麼的安靜，人們在那裡無聲地走動，還有一些老式的汽車在無聲地行駛；而我所在的地方卻是喧譁嘈雜，人聲、汽車聲不絕於耳，有幾個騎車的眼看著就要撞到我身上了，他們拐彎後又遠離我。我感覺到風是一陣一陣的，有時候從我這邊吹過去，有時候從他那邊吹過來。我這邊的風熱氣騰騰，夾雜著鮮花的氣息和烤牛排的氣息；從他那邊吹來的風十分涼爽，只有純粹的風的氣息。

塞繆爾．費舍爾說：「余先生，請你再說一個捕魚的故事。」

我摘下墨鏡，用手擦了一下滿臉的汗水。我端詳身旁的塞繆爾．費舍爾，他臉上一顆汗珠也沒有。我戴上墨鏡後，讓思緒再次回到童年。

在中國，每個縣都有人民武裝部，這是軍隊的編制，不過這些軍人的主要工作是訓練民兵。人民武裝部的軍人那時候十分貧窮，他們嘴饞的時候也會想到來池塘裡捕魚。他們捕魚的方法簡單粗暴，就是往池塘裡扔一顆手榴彈，把魚炸死炸昏迷了浮到水面上，他們就用網兜撈魚。

我們這些孩子只要看到人民武裝部的幾個軍人手裡提著兩顆手榴彈和一隻麻袋，肩上扛著綁上網兜的長長竹竿，就知道他們要去捕魚了。我們緊隨其後，來到他們選定的池塘後不敢站得太近，我們對手榴彈十分敬畏。那幾個軍人也站在離池塘二十米左右的地方，其中一個軍人拿著手榴彈走到池塘近旁，拉弦後把手榴彈扔進池塘時他立刻趴到地上。一聲爆炸後，池水像噴泉一樣沖起。等我們跑到池塘旁邊時，池裡的魚全部漂浮在水面上了。為什麼軍人要提著兩顆手榴彈？其實炸魚一顆手榴彈就夠了，另一顆手榴彈是專門對付我們這些孩子的。當我們準備跳下池塘抓魚時，一個軍人就會舉起手榴彈高聲喊叫，威脅我們馬上就要將手榴彈扔進池塘了，我們嚇得轉身逃跑。然後，他們從容不迫地用網兜撈魚了。

「用手榴彈炸魚，以前的德國兵也幹過。」塞繆爾．費舍爾笑著說，他舉起食指，「請再講一個故事，余先生，最後一個。」

最後一個故事說什麼呢？我看著巴德伊舍的河水碧波蕩漾，思緒在中國童年的記憶裡四處尋找。幾分鐘以後，我找到了一個電力局工人的捕魚故事。這些傢伙捕魚的方式十分隆重，他們將一台小型發電機搬到板車上，帶上網兜和裝魚的麻袋，拉著板車招搖過市，人們一看就知道這些傢伙要去幹什麼。他們來到田野裡的一口池塘旁，將板車上的發電機發動了，在「突突」的響聲裡，他們將兩根電線插進水裡。池水立刻波動起來，隨後魚兒一片片地浮現出來，那情景像是萬花齊放一樣壯觀。

電力局的工人和武裝部的軍人是一丘之貉，為了防止我們這些孩子下水抓魚，一個工人用網兜撈魚時，另一個工人手裡拿著兩根電線站在水邊，看到我們的手往水裡伸去時，立刻將電線插進水裡，讓我們嘗嘗觸電的滋味。可是電的威懾力遠不如手榴彈，我們中間有幾個勇敢的孩子堅定地站在水邊，只要看到工人的網兜伸進池水裡撈魚，就近迅速抓起一條魚來。

那個拿著兩根電線的工人十分為難，因為他要電孩子時，也會電到他的同事。他開始用假動作迷惑孩子，當網兜伸進水裡時，他假裝要將電線插進水裡，孩子們嚇得立刻縮回伸出的手。那個用網兜撈魚的工人哈哈笑著，也做起了假動作，網兜進水後立刻抬起，拿著電線的工人心領神會，馬上將電線插進了水裡，那幾個勇敢的孩子被電了幾次，他們觸電後渾身亂抖，尖叫地跳離水邊。然後，這幾個孩子也學會了做假動作。三方都做假動作就亂哄哄了，幾個孩子假裝將手伸向水面迷惑拿著電線的工人，騙他一次次徒勞地將電線插進池水裡，有一次反而讓那個用網兜撈魚的工人觸電了，他被手裡的竹竿彈開去，一屁股坐在了地上。這個工人起身後對著雙手拿著兩根電線的工人破口大罵，拿著電線的工人抱歉地向他解釋。這時候我們全體趁機跳到水邊，抓起魚就往岸上扔……

塞繆爾．費舍爾哈哈大笑了，他在巴德伊舍河邊的這個下午裡笑得如此開心，朗朗的笑聲超過了兩分鐘。然後他的右手伸過來說：「謝謝你的故事，這是一個愉快的下午。」

我和塞繆爾．費舍爾握手，我沒有碰到他的手，可是我卻覺得已經和他握手了。我說：「我也很愉快。」

我們兩人同時站了起來，塞繆爾．費舍爾對我說：「余先生，你是我見過的德語說的最好的中國人。」

我對他說：「費舍爾先生，我認識不少德國漢學家，你的中文比他們說的好。」

我們揮手道別。塞繆爾．費舍爾在廣闊的黑白照片裡走去，我在廣闊的彩色照片裡走來。

二〇一一年二月二十四

註：費舍爾是德國最具聲望的出版社之一，文中提到的易卜生、豪普特曼、湯瑪斯．曼和卡夫卡都是其作者。FISHER是漁夫的意思，出版社的標誌就是一個漁夫在用力拉著漁網。

附：德國費舍爾出版社總編輯巴爾梅斯的信。

親愛的余華：

一八八六年九月一日，塞繆爾．費舍爾對公眾宣布：「以S.FISHER的名字，我成立一個出版社和一個書店。我希望你們友善地關注我未來的發展。」

四年後，費舍爾出版社又發行了其雜誌《現代自由生活》，現改名為《新觀察》。

塞繆爾・費舍爾 一百二十五年前希望大家友善地關注他的發展，而現在我們邀請您來寫幾頁文字表示這樣的關注（一篇短文，一—五頁），例如：一個故事（當然是編出來的），關於在費舍爾出版社的一次晚餐，在那裡易卜生和豪普特曼爭論起來；或者偶然地與塞繆爾・費舍爾在巴德伊舍相遇，他通常在那裡度過夏天的假期；也可以是關於湯瑪斯・曼與他的編輯在費舍爾出版社的第一次相遇。請盡情放開您的想像力來寫，您可以寫任何您想寫的內容來慶祝費舍爾出版社成立一百二十周年。

這期《新觀察》將在九月出版，就是說我們需要最遲在六月底收到您的稿子。請將文稿發給您的編輯庫布斯基。

我們將非常高興能收到您寫的一個小故事，一篇散文或一首詩，任何您願意寫的內容。

期待您的回饋意見。

最好的祝福，

巴爾梅斯

奧克斯福的威廉・福克納

一九九九年的時候，我有一個月的美國行程，其中三天是在密西西比州的奧克斯福，我師傅威廉・福克納的老家。

影響過我的作家其實很多，比如川端康成和卡夫卡，比如……，又比如……，有的作家我意識到了，還有更多的作家我可能以後會逐漸意識到，或者永遠都不會意識到。可是成為我師傅的，我想只有威廉・福克納。我的理由是做師傅的不能只是紙上談兵，應該手把手傳徒弟一招。威廉・福克納就傳給我了一招絕活，讓我知道了如何去對付心理描寫。

在此之前我最害怕的就是心理描寫。我覺得當一個人物的內心風平浪靜時，是可以進行心理描寫的，可是當他的內心兵慌馬亂時，心理描寫難啊，難於上青天。問題是內心平靜時總是不需要去描寫，需要描寫的總是那些動盪不安的心理，狂喜、狂怒、狂悲、狂暴、狂熱、狂呼、狂妄、狂驚、狂嚇、狂怕，還有其他所有的狂某某，不管寫上多少字都沒用，即便有本事將所有的細微情感都羅列出來，也沒本事表達它們間的瞬息萬變。這時候我讀到了師傅的一個短篇小說〈沃許〉，當一個窮白人將一個富白人殺了以後，殺人者百感交集於一刻之時，我發現了師傅是如何對付心理描寫的，他的敘述很簡單，就是讓人物的心臟停止跳動，讓他的眼睛睜開。一系列麻木的視覺描寫，將一個殺人者在殺人後的複雜心理烘托的淋漓盡致。

從此以後我再也不害怕心理描寫了，我知道真正的心理描寫其實就是沒有心理。這樣的手藝我後來又在重讀杜思妥也夫斯基和斯湯達爾時看到，這兩位我印象中的心理描寫大師，其實沒做任何心理描寫方面的工作。我不知道誰是我師傅的師傅，用文學的說法誰是這方面的先驅者？可能是一位聲名顯赫的人物，也可能是個無名小卒，這已經不重要了。況且我師傅天資過人，完全有可能是他自己摸索出來的。

所以我第一次去美國的時候，一定要去拜訪一下師傅威廉・福克納。我和一位名叫吳正康的朋友先飛到孟菲斯，再租車去奧克斯福。在孟菲斯機場等候行李的時候，吳正康告訴我，這裡出過一個大歌星，名叫艾維斯・普雷斯利。我說從來沒有聽說過有歌星叫這個名字。當我們開車進入孟菲斯時，我一眼看見了貓王的雕像，我脫口叫了起來。吳正康說這個人就是艾維斯・普雷斯利。

我曾經在文章裡讀到威廉・福克納經常在傍晚的時候，從奧克斯福開車到孟菲斯，在孟菲斯的酒吧裡縱情喝酒到天亮。他有過一句名言，他說作家的家最好安在妓院裡，白天寂靜無聲可以寫作，晚上歡聲笑語可以生活。為了尋找威廉・福克納經常光顧的酒吧，我們去孟菲斯的警察局打聽，一位胖員警告訴我們：這是貓王的地盤，找威廉・福克納應該去奧克斯福。

我師傅是一位偉大的作家，在生活中他是一個喜歡吹牛的人，他最謙虛的一句話就是說他一生都在寫一個郵票大的地方。等我到了奧克斯福，我看到了一座典型的南方小鎮，中間是個小廣場，廣場中央有一位南方將領的雕像，四周一圈房子，其他什麼都沒有了。我覺得他在最謙虛的時候仍然在吹牛，這個奧克斯福比郵票還小。

如果不是旁邊有密西西比大學，奧克斯福會更加人煙稀少。威廉·福克納曾經在密西西比大學郵局找到過一份工作，就是分發信件。我師傅怎麼可能去認真做這種事，他唯一的興趣就是偷拆信件，閱讀別人的隱私，而且讀完後就將信扔進了廢紙堆。他受到了很多投訴，結果當然是被開除了。

我還在密蘇里大學的時候，一位研究威廉·福克納的教授就告訴我很多關於他的軼聞趣事。威廉·福克納一直想出人頭地，他曾經想入伍從軍混個將軍幹幹，因為他身材矮小，體檢時被刷掉了。他就去了加拿大，學會了一口英國英語，回來時聲稱加入了皇家空軍，而且在一次空戰中自己的飛機被擊落，從天上摔了下來，只是摔斷了一條腿，這簡直是個奇蹟。他也不管奧克斯福的人是否相信，就把自己裝扮成了一個跛子，開始拄著枴杖上街。幾年以後他覺得拄著枴杖充當戰鬥英雄實在是件無聊的事，就把枴杖扔了，開始在奧克斯福健步如飛起來，讓小鎮上的人瞠目結舌。

那時候他在奧克斯福是個壞榜樣，沒有人知道他在寫小說，只知道他是個游手好閒的二流子。當他的《聖殿》出版以後廣受歡迎，奧克斯福的人還不知道。

一位從紐約遠道趕來採訪的記者，在見到他崇敬的人物前，先去小鎮的理髮館整理一下頭髮，恰好那個理髮師也姓福克納，他就問理髮師和威廉．福克納是什麼關係，結果理髮師覺得自己很丟臉，他說：那個二流子，是我的侄兒。

威廉．福克納嗜酒如命，最後死在了酒精上。他是在騎馬時摔了下來，這次他真把腿摔斷了，在送往醫院的路上，為了止疼，他大口喝著威士忌，到醫院時要搶救的不是他的傷腿了，而是他的酒精中毒，他死在了醫院裡。

他在生前已經和妻子分手，他曾經登報聲明，他妻子的帳單與他無關。可以肯定他死後也不願意和妻子躺在一起，倒楣的是他死在了前面，這就由不得他了。他妻子負責起了他的所有後事，當他妻子去世以後也就理所當然地躺在了他的身邊。我師傅活著的時候還可以和這個他不喜歡的女人分開，死後就只能被她永久占有了。

現在威廉．福克納是奧克斯福最值得炫耀的驕傲了。不管在什麼地方，只要談到美國文學，人們都認為威廉．福克納是二十世紀最偉大的作家之一。可是在奧克斯福，後面就不會跟著「之一」，奧克斯福人乾淨利索地將那個他們不喜歡的「之一」刪除了。

而且在很長一段時間裡，威廉·福克納這個曾經被認為是二流子的人，一直是美國南方某種精神的體現。比爾·柯林頓還在當美國總統的時候，曾經和賈西亞·馬奎斯、卡洛斯·富恩特斯和威廉·斯泰倫一起吃飯，席間提到威廉·福克納的時候，同樣是南方人的柯林頓突然激動起來，他說他還是個孩子的時候，經常搭乘卡車從阿肯色州去密西西比州的奧克斯福，參觀威廉·福克納的故居，好讓自己相信，美國的南方除了種族歧視、三K黨、私刑處死和焚燒教堂以外，還有別的東西。

威廉·福克納的故居是一座三層的白色樓房，隱藏在高大濃密的樹林裡，這樣的房子我們經常在美國的電影裡看到。我們去參觀的時候，剛好有一夥美國的福克納迷也在參觀，我們可以去客廳，可以去廚房，可以去其他房間，就是不能走進福克納的臥室和書房，門口有繩子攔著。威廉·福克納在這幢白房子裡寫下了他一生最重要的作品，現在是威廉·福克納紀念館了。館長是一位美國女作家，她知道我是來自遙遠中國的作家，她說認識北島，她說她已經出版四部小說了，而且還強調了一下，是由藍登書屋出版的，她和威廉·福克納屬於同一家出版社。然後悄悄告訴我，等別的參觀者走後，她可以讓我走進福克納的臥室和書房。我們就站在樓道裡東一句西一句說著話，等到沒有別人了，她取下了攔在門口的繩子，讓我和吳正康走了進去。其實走進福克納的臥室和書房也沒什麼特別之處，和站在門口往裡張望差不多。

在奧克斯福最有意思的經歷就是去尋找福克納的墓地。美國南方的五月已經很炎熱了，我們開車來到小鎮的墓園，這裡躺著奧克斯福世世代代的男女。我們停車在一棵濃密的大樹下面，然後走進了聳立著大片墓碑的墓地。走進墓地就像走進了迷宮一樣，我們看到一半以上的墓碑都刻著福克納的姓氏，就像走進中國的王家莊和劉家村似的，我們在烈日下到處尋找那個名字是威廉的墓碑，揮汗如雨地尋找，一直找到四肢無力，也沒找到我的威廉師傅。最後覺得差不多所有的墓碑都看過了，還是沒有威廉，我們開始懷疑是不是還有別的墓園。

中午的時候，我們和密西西比大學的一位研究福克納的教授一起吃飯，他說我們沒有找錯地方，只是沒有找到而已。吃完午飯後，他開車帶我們去。結果我們發現福克納的墓地就在我們前一次停車的大樹旁，我們把所有的遠處都找遍了，恰恰沒有在近處看看。

我在威廉・福克納的墓碑前坐了下來，他的墓碑與別人的墓碑沒有什麼太大的差別，旁邊緊挨著的是他妻子的墓碑，稍稍小一些。我千里迢迢來到這裡，就是為了看一眼我師傅的墓地，可是當我看到的時候，我卻什麼感覺都沒有。只是覺得美國南方的烈日真稱得上是炎炎烈日，曬得我渾身發軟。現在回想起來，我這樣做只是為了完成一個心願，完成前曾經那麼強烈，完成後突然覺得什麼都沒有了。

那位研究福克納的教授在吃午飯的時候告訴我們，每年都有世界各地的人來到奧克斯福，來看一眼威廉・福克納的墓地。接著這位教授說了一個真實的故事，他說差不多是十年前，一個和福克納一樣身材粗短的外國男人來到了奧克斯福，他是坐著美國人叫「灰狗」的長途客車來的，他在那個比郵票還要小的小鎮上轉了一圈，然後就去了福克納的墓地。

有人看見他在福克納的墓碑前坐了很長時間，他獨自一人坐在那裡，不知道他說話了沒有，也不知道福克納聽到了沒有。後來他站起來離開墓地，走回小鎮。當時「灰狗」還沒有到站，他需要等待一段時間，就走進了小鎮的書店。

美國小鎮的書店就像中國小鎮的茶館一樣，總是聚集著一些聊天的人。這個外國老頭走進了書店，他找了一本書，找了一個安靜的角落坐下來，安靜地讀了起來。小鎮上的人在書店裡高談闊論，書店老闆一邊和他們說著話，一邊觀察角落裡的外國老頭，他總覺得這個人有些面熟，又一時想不起來在什麼地方見過這張臉。書店老闆繼續和小鎮上的朋友們高談闊論，他說著說著突然想起來這個外國老頭是誰了，他衝著角落激動地喊叫：

「賈西亞．馬奎斯！」

二〇〇四年十月十日

在日本的細節裡旅行

今年八月，日本國際交流基金會邀請我和家人訪日十五天，去了東京和東京附近的鐮倉；北海道的札幌、小樽和定山溪；還有關西地區的京都、奈良和大阪。

這是十分美好的旅程，二十多年前我開始閱讀川端康成的小說時，就被他敘述的細膩深深迷住了，後來又在其他日本作家那裡讀到了類似的細膩，日本的文學作品在處理細部描述時，有著難以言傳的豐富色彩和微妙的情感變化，這是日本文學獨特的氣質。

在閱讀了二十多年的日本文學作品之後，我終於有機會來到了日本，然後我才真正明白為什麼會產生如此細膩，而且這細膩又是如此豐富的日本文學，因為對細節的迷戀正是日本的獨特氣質。在我的心目中，日本是一個充滿了巧妙細節的國度，我在日本的旅行就是在巧妙的細節裡旅行。

在鎌倉的時候，我去了川端康成家族的墓地，那是一個很大的墓園，不知道有多少人長眠於此。我們在烈日下沿著安靜的盤山公路來到墓園的頂端，站在川端家族的墓地前時，我發現了一個祕密的細節，就是我四周的每一個墓碑旁都有一個石頭製作的名片箱，當在世的人來探望去世的人時，應該遞上一張自己的名片。如此美妙的細節，讓生與死一下子變得親密起來。或者說，名片箱的存在讓生者和死者擁有了繼續交往的隱祕的權利。

然後我在晴空下舉目四望，看到無數的墓碑依次而下，閃耀著絲絲光芒，那一瞬間我覺得墓園彷彿成為了廣場，聳立的墓碑們彷彿成為了一個一個在世者，或者說是一段一段已經完成的人生正在無聲地講述。我看著他們，心想我和他們其實生活在同樣的空間裡，只是經歷著不同的時間而已。

在京都的清水寺，有一座氣勢磅礴的戲臺，從山腳下支立起來，粗壯的樹桿如同蛛網一樣縱橫交錯，充滿了力量。高高的戲臺面對著寺廟裡的佛像，這戲臺是給佛搭建的，當然和尚們也可以觀看，可是他們只能站在另一端的山上，中間隔著懸崖峭壁，還有鳥兒們的飛翔。我去過很多寺廟，佛像前供滿食物的情景已經習以為常，可是讓眾佛欣賞歌舞，享用精神食糧，我還是第一次見到。

京都的這個晚上令人難忘，那裡有幾十家寺廟連成一片，道路逶迤曲折，高低起伏，兩旁商店裡展示的商品都是那麼的精美，門前的燈籠更是賞心悅目，腳下的臺階和石路每一尺都在變化著，讓人感到自己是行走在玲瓏剔透裡。一位名叫寺前淨因的大和尚帶著我們在夜色裡參觀了他的高臺寺，精美的建築和精美的庭院，還有高科技的光影作用。在一個靜如鏡面的池塘旁，我們佇立良久，看著電腦控制的圖像在水中變幻莫測，有一種陰森森的美麗讓我們嘴裡一聲聲讚歎不已。接下去寺前和尚又讓我們觀看了另一種陰森森的美麗，我們來到一片竹林前，看著電腦圖像在搖動的竹子上翩翩起舞，那是鬼的舞蹈。當美麗裡散發著恐懼時，這樣的美麗會讓人喘不過氣來。

我們在一個又一個寺廟裡安靜地行走，一直來到川端康成《古都》裡所描繪過的那個大牌坊前，然後看到了京都喧囂的夜生活，我們身處的大牌坊彷彿是分水嶺，一端是冷清的寺廟世界，另一端是熱鬧的世俗世界。我們站在屬於寺廟的安靜世界裡，看著街道對面川流不息的人流和車流，霓虹燈的閃爍，聲音的喧囂，甚至食物的氣息陣陣飄來，彷彿是站在另一個世界裡看著這個人間的世界。

然後寺前和尚帶著我們走上了一條沒有一個遊客知道的石屏小路，我們走在了京都人間生活的精華裡。石屏小路靜悄悄沒有別人，只有我們幾個人，我們悄悄地說話，讚歎著兩旁房屋的精美變化，門和窗戶的變化，懸掛門前燈籠的變化，就是裡面照射出來的燈光也在不斷地變化著，每一戶人家都精心打扮了自己，每一戶人家都不雷同。我十三歲的兒子感慨萬千，他說：「這不是人間，這是天堂。」

從日本回來以後，我一直想寫一篇很長的散文，準備從東京的小樹林開始。東京是一個屬於摩天大廈的城市，可是只要有一片空地，那就是一片樹林。由於道路的高高低低，有時候樹林在身旁，有時候樹林到了腳下，有時候樹林又在頭頂上了。樹林在任何地方都會給予人們安靜的感受，在喧囂的大都市東京，樹林給人的安靜更加突出。就像在轟轟烈烈的現代音樂裡，突然聽到了某個抒情的樂句一樣。生活在東京的喧鬧裡，時常會因為樹林的出現，讓自己煩躁的情緒獲得一些安靜。這個屬於城市的細節，其實表達了一個國家源遠流長的風格。

在這篇短文結束的時候，我想起了在札幌的一個晚上，北海道大學的野澤教授和幾個朋友帶著我來到了一個「新宿以北最繁華的地方」，那是札幌的酒吧區，據說那裡有五千多家酒吧。我們來到了一家只有十平米左右的酒吧，一個年近七旬的老年婦女站在櫃檯裡面，我們在櫃檯外面坐成一排，喝酒聊天唱歌大笑，老闆娘滿嘴的下流俏皮話，我心想為什麼大學的教授們喜歡來到這裡，因為這裡可以聽到大學裡聽不到的下流俏皮話。這個酒吧名叫「圍爐裡」，老闆娘年輕時當選過北海道的酒吧小姐，牆上貼滿了當時選美比賽過程的照片，看著照片上那位年輕美麗的北海道酒吧小姐，再看看眼前這位彷彿山河破碎似的老年婦女，我難以想像她們是同一個人。

牆上還掛著日本前首相中曾根康弘送給她的一幅字，我說起中曾根的時候，她不屑地揮著手說：「那孩子。」然後拿出紙和筆，要我也像中曾根那樣寫下一句話，我看了看眼前這位老年婦女，又忍不住看了看牆上照片裡那位年輕美人，寫下了我當時的真實感受：

在圍爐裡，人生如夢。

二〇〇六年十二月十九日

悼念——致魏東

四月二十九日，這是平常的一天，因為你的突然離去，我必將終生銘記這一天。你是這樣的一個朋友，值得我，值得很多人用一生的時間來不斷回憶。有些人雖然活著，可是對他們的遺忘，也就意味著他們的不存在；你雖然辭世而去，可是你仍然活著，你會在我們的記憶裡生生不息，而且歷久彌新。如果這世上真的有人可以萬壽無疆，你必然是其中的一個。

魏東！我在寫下你的名字時眼淚奪眶而出。因為你的名字在這一刻爆炸出無數往事，猶如夜空中的禮花一樣絢麗多彩。你和我，十年積累起來的深厚友情在此時此刻被定格，我可以仔細回想仔細品味。我的眼前出現了一組又一組的詞彙，有些詞彙與你毫不相干，比如愚蠢、自私、傲慢、自得、張揚等等；可是另外一些詞彙與你血肉相連，就是智慧、情義、謙和、寬容、靦腆等等，這些詞彙此刻在我眼前生動地組合起了你的音容笑貌。

往事紛至遝來，帶來了很多美好的時光和很多美好的地點。我們坐在一起，有時候有很多朋友，有時候只有我們兩個，這樣的時候你十分健談。聽你說話是我的享受，你智慧並且感性，你對事物的理解總是前瞻性的，所以你對大的趨勢總能提前判斷；你有著驚人的分析能力，既謹慎又大膽，所以你對細節問題總能洞察入微。可是當你面對一些陌生人的時候，你又是那麼的靦腆，安靜地坐在角落裡，希望別人忽視你的存在。你就是這樣一個人，從不張揚，做事低調，就是熟悉的朋友當面讚揚你，你也會感到不好意思。你從不沽名釣譽，說話做事腳踏實地。你為人寬容，總是稱讚別人的優點，而對別人的缺點從不在意。哪怕是曾經讓你失望過的人，重新回來尋求幫助，你也是全力相助，你總是說：人家還是有很多優點的。你為人謙和，從不計較言詞方面的輸贏，也從不說出難聽的話語。你講究原則，不清不白的事情絕對不做。你細心周到，所言所行總是為別人著想。你一直尊重別人，也希望別人尊重你，你認為這是人格問題。你就是這樣一個人，你視人格比生命還要重要。我知道你，你什麼都可以去承受，就是不能承受人格遭受玷污。在今天這個不在乎人格的時代裡，很多人最強大的地方，恰恰是你最軟弱之處。

魏東！與你十年的交往，就是對「朋友」一詞十年的欣賞，你將這個簡單的詞彙演繹出一個個活生生的事實。你用情義和世界打交道，幫助別人是你生活的樂趣。你自己成功的時候，你周圍的朋友也會同時成功。你從來不會獨吞勝利的果實，總是和朋友們共同分享；可是挫折來到之時，你又不要朋友們共同分擔，總是獨自一人默默承受。這就是你病症的來源，你長期以來承受自身的壓力，同時又要承受更多屬於別人的壓力。你自己的牙齒打碎了嚥到肚子裡，別人的牙齒打碎了你也嚥到自己肚子裡。你從不對別人發怒，你只會對自己發怒。日積月累，年復一年，一個又一個難熬的失眠之夜接踵而至，抑鬱和強迫的症狀也就愈來愈嚴重。

我去歐洲之前，先來上海看望你。我們坐在午後的陽光下，輕聲交談，交談你最近的症狀，你表情安靜，語氣無可奈何。我責備你，我說你不應該把所有的壓力都由自己承受，屬於別人的壓力你應該還給別人。我說你的問題是什麼話都藏在心裡，有很多話你應該說出去。這是十年來我第一次責備你，你在陽光下眯縫著眼睛，安靜地聽我說了很多話，沒有點頭，也沒有搖頭。當我起身要去機場時，你要送我到機場。你我之間從來就沒有迎來送往的習慣，可是這一次你執意要送我。你就是這樣一個人，總是要用重的行為來表達感謝之意，而不是用輕的言詞。

四月二十九日，我在威尼斯見到了你。魏東！你來到了我的夢中，說出了含有告別之意的話語。夢中的你坐在輪椅裡，仍然是安靜和無可奈何的表情。你雙手放在胸口，輕聲說著你的兩個肺全壞了；你說你辛苦了這麼多年，一直沒有好好生活。你說這話時的語氣不是後悔，而是惋惜。我從夢中驚醒，義大利時間是上午九點半左右。我驚愕片刻後也就釋然了，心想這只是一個夢，因為此前在巴黎與博洛尼亞我和小陳聯繫過，知道你去醫院體檢了，身體狀況正常。沒想到十一點多的時候，就接到你辭世而去的電話，我手足無措了很長時間，然後才跳上開往機場的大巴，從威尼斯飛往法蘭克福，再轉機飛回北京。四月二十九日的威尼斯下著雨，我坐在威尼斯機場的候機室裡，透過落地玻璃窗，看著外面天空灰暗，雲層重重疊疊。我不禁潸然淚下，感覺有很多東西被突然中斷。我反覆回味剛才夢中的情景，感到四周的一切正在被虛構，候機室是虛構的，玻璃窗是虛構的，外面的雨是虛構的，我坐在這裡也是虛構的。然後我知道了，你在前往天國的路上，途經威尼斯上空時稍作停留，順便和我說上幾句話。於是我重新理解了我們夢中相見的含義，我們並沒有彼此失去，只是變更了交往的方式。我們之間有一個以後繼續相見的密碼，你的家人和朋友也都得到了這個密碼，這個密碼就是你在前往天國之前，留給我們大家的深情厚義。

二〇〇八年五月二日

耶路撒冷&特拉維夫筆記

二〇一〇年五月二日

耶路撒冷國際作家節的歡迎晚宴在Mishkenot Sha'ananim能夠俯瞰舊城城垣的天臺舉行。佩雷斯步履緩慢地走過來，與我們挨個握手。這位中東地區的老牌政治家、以色列的前外長前總理現總統的手極其柔軟，彷彿手裡面沒有骨頭。我曾經和幾位西方政治家握過手，他們的手都是一樣的柔軟。我沒有和中國的政治家握過手，不由胡思亂想起來，覺得中國政治家的手可能充滿了骨感，因為他們有著不容置疑的權威。

佩雷斯離去後，作家節的歡迎儀式也就結束了。我借助翻譯和美國作家羅素．班克斯、保羅．奧斯特聊天，這兩位都沒有來過中國。羅素．班克斯說，他有個計畫，死之前必須要做幾件事，其中一件就是要來中國。我問他打算什麼時候來？保羅．奧斯特在一旁大笑地替他回答：「死去之前。」

二〇一〇年五月三日

作家們在導遊陪同下遊覽耶路撒冷舊城，排程上寫著：「參加者請攜帶舒適的步行鞋和一頂帽子，請衣著端莊。」

昨天國際作家節的新聞發布會上，來自歐美的作家們猛烈抨擊內塔尼亞胡政府破壞中東和平。今天中午聚餐時，作家節主席烏裡．德羅米高興地說，雖然他本人並不完全贊同這些激烈言辭，可是因為國際作家都在猛烈批評以色列政府，以色列的媒體紛紛大篇幅地報導了今年的作家節，所以很多場次朗誦會的門票已被搶購一空。

下午從耶路撒冷驅車前往死海路上，看到有供遊客與其合影的駱駝，其中一頭駱駝只喝可樂不喝水。沒有喝到可樂，這頭駱駝就會拒絕遊客騎到身上。這是一頭十分時尚的駱駝。

我和妻子躺在死海的水面紋絲不動，感覺身體像救生圈一樣漂浮。我使出各種招數，想讓自己沉下去，結果都是失敗。我發現在死海裡下沉如同登天一樣困難。

二〇一〇年五月四日

今天的安排是「參觀邊線博物館的現代藝術巡迴展」。這家博物館位於別具一格的邊境線上，一邊是現代的西耶路撒冷，一邊是舊城。博物館董事兼館長 **Rafi Etgar** 先生將親自陪同作家節的遊客參觀。可是只有我和我妻子兩個人前往參觀，**Rafi Etgar** 先生有些失望，仍然熱情地陪同了我們，詳細解說。

一位埃及翻譯家將一位以色列作家的書，從希伯來文翻譯到阿拉伯文，在埃及出版後遭受了很多恐嚇，甚至被起訴到法庭上。他偷偷來到作家節上，與那位以色列作家形影不離。為了保護他，作家節主辦方和以色列媒體隻字不提他的名字。他英雄般的出現在耶路撒冷，然後小偷般的溜回埃及。

這位埃及翻譯家和那位以色列作家都是年近六十了，兩個人見到我就會熱情地揮手。我感到他們就像失散多年的兄弟在耶路撒冷重逢，他們確實也是第一次見面。中東地區的真正和平至今仍然遙遙無期，可是這兩個人的親密無間讓我感到，文學在中東地區已經抵達了和平。

二〇一〇年五月五日

世界上每一座城市都隱藏著遊客很難發現的複雜，而耶路撒冷的複雜卻是遊客可以感受到的。這座城市的地下講述了《聖經》時代以來人們如何在刀光劍影裡生生不息，它的地上則是散發著反差巨大的意識和生活。猶太人、阿拉伯人、德魯茲人、切爾克斯人……形形色色，彷彿是不同時間裡的人們，生活在相同的空間裡。

所羅門在耶路撒冷建立第一聖殿，被巴比倫人摧毀；半個世紀後，猶太人在舊址上建立第二聖殿；羅馬帝國將其夷為平地，殘留一段猶太人視為聖地的哭牆。我看到一些年滿十三歲的白帽白衣男孩們，在白衣白帽男人們簇擁下前往哭牆，取出《聖經》誦讀一段，以示成年。男孩們神情按部就班，或許他們更願意在家中玩遊戲。

我在耶路撒冷的舊城走上了耶穌的苦路，這是耶穌身背沉重的十字架走完生命最後的路程，然後被釘在十字架上。路上有女子們為他哭泣，他停下來，讓她們不要為他哭泣，應該為自己和兒女哭泣。如今苦路兩旁全是阿拉伯人和猶太人的小商舖，熱情地招攬顧客。西元三十三年的苦路和今天的商路重疊到一起，我恍惚間看到耶穌身背十字架走在琳琅滿目的商品裡。

二〇一〇年五月六日

我去了極端正教派猶太人居住區，街道上全是黑帽黑衣黑褲白襯衫的男子。世俗猶太人稱他們為企鵝。他們拒絕一切現代的資訊手段，通知或者新聞等等都是寫在街道的黑板上，他們彷彿生活在一百年前。他們生活貧窮，可是禮帽卻價值兩千美元。他們潛心鑽研教義，不會正眼去看女子；若有女子身穿吊帶裙出現，將被驅逐。可是在特拉維夫，我看到酒店外街道上貼著很多妓女的名片，就像中國路面上的小廣告。

在以色列，世俗猶太人和正教派猶太人的不同也會在戀愛裡表現出來。我在夜深人靜之時走入可以俯瞰耶路撒冷舊城城垣的公園，看到一對年輕男女在朦朧的草地上相擁接吻，他們是世俗猶太人；然後又看到一個企鵝裝束的年輕正教派猶太人與一個年輕女子的戀愛，他們坐在路燈下清晰的椅子兩端小聲交談，中間像是有一條無形的溪澗阻隔了他們。

二〇一〇年五月七日

十年前我去過柏林的猶太人博物館，深感震撼。十年後的今天我又去了耶路撒冷大屠殺紀念館，更加震撼。這樣的震撼難以言表。超過四百萬大屠殺遇難者的姓名記錄在冊，還有很多沒有被記錄的亡靈。有一個圓形的建築是紀念大屠殺中遇難的孩子，裡面是黑暗的，只有屋頂閃亮出了一個又一個孩子的姓名，一個憂傷的女低音緩慢地唸出他們的名字，周而復始永不停息。

在二戰中救助過猶太人的所有人都被以色列銘記在心，他們的事蹟用雕塑展現出來，他們說過的話被刻在石頭上，一位救助過猶太人的普通人說過一句樸素而又震撼的話：「我不知道猶太人是什麼，我只知道人是什麼。」

納粹集中營裡的倖存者大多不願講述可怕往事，回憶都會讓他們難以承受。我的翻譯陪同告訴我一個真實的故事，他的一位叔叔一直不願講述自己在集中營裡的可怕經歷，老之將死之時開始對孩子們講述：

納粹讓猶太人排成一隊，一個舉著手槍的納粹讓另一個納粹隨便說出數字七，然後挨個數過去，數到第七個就對著那個猶太人頭部開槍，再往下數到七，再開槍……講述者那時候還是一個孩子，他就站在七的位置上，身旁的父親悄悄把他拉過去，與他更換了位置，他的父親在槍聲響起後死在他的眼前。

二〇一〇年五月八日

我和妻子在特拉維夫的地中海裡游泳。海水裡和沙灘上擠滿了游泳和曬太陽的猶太人，滿眼的泳褲和比基尼。在以色列中學畢業都要服兵役，男生三年，女生兩年。我在特拉維夫沙灘上，看到穿著游泳褲揹著衝鋒槍的男生和穿著比基尼揹著衝鋒槍的女生也在那裡曬太陽。岸上的草地裡全是穿長袍裹頭巾的阿拉伯人在燒烤雞肉牛肉羊肉，香氣四溢。這情景令我覺得猶太人和阿拉伯人是可以和平相處的。地中海的日落情景壯觀美麗，而二十公里之外就是巴以衝突不斷的加薩地帶。

特拉維夫有一家格魯吉亞猶太人開設的酒吧，裡面人聲鼎沸，一面格魯吉亞國旗從二樓扶梯懸掛下來。他們是蘇聯解體後與俄羅斯猶太人同時移民以色列。我想，格魯吉亞猶太人和俄羅斯猶太人之間是否存在著薩卡什維利和梅德維傑夫似的敵對？來自世界各地的移民會帶去不同的文化風俗和意識形態，也會帶去矛盾和衝突。

紐約筆記

二〇一一年十月三十一日

今天去紐約現代藝術博物館，從五樓莫內、畢卡索他們的傑作看到三樓牆上弄些紙掛著的藝術。藝術愈來愈隨便了。我想起小時候的情景，為了不看到屋頂的瓦片，父親用舊報紙糊屋頂。我一直以為父親是醫生，今天知道他也是藝術家……記得有朋友說過，他給一百個學生上課叫上課，給一百張椅子上課叫行為藝術。

二〇一一年十一月二日

與艾米麗吃晚飯，她曾經是《華爾街日報》駐京記者，我認識她的時候是《紐約時報》評論版的編輯，那時候她編輯過我的文章。後來她去了華盛頓的國務院，這次紐約相遇時她又更換了工作。我們談到我剛出版的英文版新書，她說一家雜誌請她寫書評，但是知道她和我是熟悉的朋友後立刻要求她別寫了。我問為什麼？她說那家雜誌擔心會有腐敗。我笑了，我說美國人如此反腐，美國的腐敗仍然雜草叢生。在中國，反腐敗似乎成為紀檢人員的特權了，所以中國的小腐敗山花爛漫，大腐敗在叢中笑。

二〇一一年十一月四日

美國大學的經費主要來自社會捐贈。我在紐約大學聽到一個真實故事：一位捐贈者赤腳走進校長辦公室，校長看到捐贈者赤腳，第一反應就是脫去自己的鞋襪，也赤腳了。兩個赤腳者坐在一起認真對話。然後捐贈者開支票，校長歪著腦袋偷偷看到捐贈者在一的後面寫了一個又一個零，他向紐約大學捐贈一億美元。

我聽後說：「這個校長他媽的真牛！」

二〇一一年十一月二十七日

我八日離開紐約，先去了美國的西海岸，又去了北部，再到最南端的邁阿密，轉了一大圈以後，今天回到紐約，住進紐約大學提供的寬敞公寓，可是暫時不能上網。我每天揹著邁阿密書展給的花稍袋子，裡面放著電腦，走二十米路去紐約大學圖書館上網。有朋友說是紐約最醜陋的袋子，另有朋友反對，說應該是紐約第二醜陋。我說：「這裡是紐約。你揹著最漂亮的包，沒人會說漂亮；你揹著最醜陋的包，也沒人覺得醜陋。」

在邁阿密的時候，與我英國出版社的老闆邁耶爾先生喝上一杯，這位七十五歲的老頭說話滔滔不絕，可能是他說得太多了，我回到自己住的酒店後只想起他的一句話，他說：「這個世界到處都是恐怖分子，有些是拿著炸彈的，有些是拿著意識形態的。」

二〇一一年十二月二日

在紐約過了感恩節，朋友帶我去第五大道和麥迪遜大道的名牌店轉轉，看到成群結隊的中國遊客，每家奢侈品商店都有講中文的導購。蒂芬尼的一位導購說中國人有錢，如果沒有中國人，這些奢侈品商店都會倒閉。我心想：少數中國人掙錢太容易，不知道錢是怎麼掙來的；多數中國人掙錢太難，不知道怎麼可以掙到錢。

二〇一一年十二月三日

我在美國出版了第一本非小說類文集，關於當代中國。我出國前收到蘭登書屋快遞的精裝本樣書，其尺寸厚度和平裝本差不多，我當時有些吃驚，不像正常精裝本那樣大而厚。來到美國後讀到評論說關於中國的書都是又大又厚，都是資料和理論；而這本小巧的書令人親切，又充滿故事。然後我感嘆蘭登書屋編輯用心良苦。

今天和我美國的編輯 Lu Ann 吃午飯，一位朋友給我們翻譯。我們先要了一瓶水，一邊喝水一邊交談。侍者上菜後轉身時打翻了那瓶水，弄濕了我掛在一把空椅子上的外衣。領班過來連聲道歉，拿著白色餐巾請我自己擦乾，同時解釋如果他們替我擦乾的話，我可能會指控他們弄壞了我的衣服。我想起國內有老人在街上跌倒後沒人敢去扶起來的情景。

Lu Ann告訴我，現在美國一年只出版二萬多種圖書。十多年前我第一次來美國時。美國每年出版十二萬種圖書，中國是十萬種。此後幾年中國出版數量迅速超過美國，今年達到三十萬種以上。金融危機後美國自動削減出版數量，現在一年只有二萬多種，而中國的出版數量仍然每年遞增。中國這種沒有節制的發展，讓我想起一句什麼人說過的話：知道自己無知不是完全的無知，完全的無知是不知道自己無知的無知。

埃及筆記

二〇一一年一月二十五日至二十九日

二十五日抵達開羅，二十九日離開，經歷了埃及動盪。

起初員警封鎖道路，示威遊行被分隔開來，如同游擊隊似的出現。我們見到的示威者只有幾十人或者上百人，就是示威中心的解放廣場也只有幾千人，可是局面仍然失控了，然後實施宵禁。我們從路克索飛回開羅時已是夜晚，只好在機場冰涼堅硬的地上睡了一宵。這個經驗告訴我，宵禁比戒嚴還要缺德。

埃及員警十分腐敗，花錢可以買通。我走在開羅街上，有員警向我要香菸，我遞過去一枝，他卻拿走我一盒。為何抗議者首先焚燒法院大樓？因為司法腐敗是一個國家腐敗的標誌。

在埃及旅行時，隨處可見穆巴拉克的雕像和畫像，也隨處可見示威者燃燒警車的滾滾黑煙。

二十九日我們前往機場回國時，我覺得是在和穆巴拉克比賽誰先離開埃及，可是這位執政三十年的總統要和突尼斯的本·阿里比賽誰晚離開祖國。

一位名叫薩伊德的無辜者被員警活活打死是示威遊行的起因之一，示威者有句響亮的口號：「我們都是薩伊德！」

邁阿密&達拉斯筆記

二〇一一年五月三十一日

北京——芝加哥——邁阿密，漫長的飛行。入住邁阿密的酒店時已是凌晨兩點，NBA總決賽將在十多個小時後開戰。離開北京前，一位對籃球毫無興趣的朋友知道我要長途跋涉到美國觀看總決賽，十分驚訝地說：「你還親自去？跑那麼遠的路就是為了看籃球比賽，真是愚蠢。」我承認：「我是愚蠢，但是還沒有愚蠢到請別人代表我去看。」

記得二〇〇四年三月，我在亞特蘭大的旅館裡看電視直播火箭和老鷹的常規賽，打了三個加時，法蘭西斯被罰下，姚明在包夾下投中制勝一球。當時火箭並非強隊，賽後范甘迪仍然不滿，說對老鷹這樣的弱隊還要打加時。如今火箭老鷹面目全非，所以不用看自己，看別人命運沉浮也知歲月滄桑。

二〇一一年六月一日

在北京家中看NBA總決賽時，耳邊只有孫正平和張衛平的聲音；到美國現場看球時，耳邊有近兩萬人的喊叫聲。為什麼現場比電視直播精彩？原因當然很多，其中有一個很重要，就是話語權。電視直播只有兩個話語權，現場有兩萬個話語權。

公牛在四天前倒下了，熱火繼續燃燒。這個系列賽令人窒息的彷彿一個賽季般的漫長，又令人亢奮的恍如一個暫停般的短促。公牛最後接管比賽的人沒有熱火多。本賽季東部決賽告訴我們什麼叫民主集中制：團隊籃球叫民主，球星接管比賽叫集中。同時也告訴我們：（羅斯）一人集中制會輸給（詹姆斯韋德波什）多人集中制。

二〇一一年六月二日

邁阿密的海水在陽光下層次分明，遠處是神祕的黑色，近處是親切的綠色，沖向沙灘的是白色浪濤。也許是熊熊火焰讓我們覺得紅色是熱烈的顏色，而冬天的積雪又讓我們覺得白色是冷靜的顏色。可是看看熱情奔放的浪濤，這是大海永不停息的脈搏，就會感到白色同樣熱烈。所以我在岸上看到的是白色火焰沖上來了。

二〇一一年六月三日

在北京從電視裡看到熱火隊勝局已定時滿場白色飄揚，我以為是白手巾，到邁阿密才知道那是椅套。總決賽第一場最後三分多鐘，球迷互相拋擲椅套，隨著勝利來到，全部的椅套起飛了。今天第二場最後七分多鐘椅套就開始飄起，隨著小牛將比分追平並勝出，椅套也在安靜下來。椅套雖然卑微，卻是勝利和失敗的象徵。

流覽體育新聞，讀到諾維茨基在達拉斯以外的美國其他地區並不知名，與科比和詹姆斯相差很遠，就是和隊友吉德相比也是望塵莫及。這就是美國佬。如果諾維茨基不是德國人而是美國人，肯定會在美國聞名遐邇。幾年前我的朋友，一位丹麥教授去美國，入境時邊境官看著她的護照疑惑地問：「丹麥是美國哪個州？」

昨天，沙克．奧尼爾宣布退役。這傢伙暴力扣籃曾把籃球架拉塌下來，他吵架很多緋聞不少，他唱歌跳舞，還去參加拳擊比賽，他有數不清的綽號，毛病也數不清，可是這個劣跡斑斑的傢伙給人們帶來了快樂。這世上還有另外一種人，沒有什麼毛病，可是從未給人們帶來快樂。

我覺得和沒有什麼毛病的人交往是一件可怕的事情。

二〇一一年六月五日

邁阿密週末的沙灘上，男男女女像倒下的多米諾骨牌躺在那裡，看上去形形色色；很多家庭在波浪裡度假，他們的喊叫是聊天；遠處的男人在玩風箏衝浪，近處的姑娘站在海水裡放風箏，大型的充氣風箏和小小的蝴蝶型風箏在天空裡飄移；直升機與廣告飛機來回盤旋，出現在白雲深處的可能是國際航班……這時候我突然想家了。

二〇一一年六月六日

今天來到達拉斯，火一樣的氣候和火一樣的球迷。賽前球迷在球館外紛紛上演個人秀，一具木乃伊似的紙板詹姆斯被他們充分凌辱後，又用皮鞋球鞋拖鞋輪番揍其腦袋。彷彿戰爭爆發了。小牛輸掉比賽後，達拉斯的球迷收斂狂熱，彬彬有禮走出球館。身穿諾維茨基球衣和身穿詹姆斯球衣的朋友親密走去，他們的背影說：這不是戰爭，這是體育。

比賽最後時刻，查爾莫斯進攻失誤，詹姆斯上去批評查爾莫斯；接著韋德又和詹姆斯爭執起來……我想到一個詞彙：「朋友」。贏得比賽後，詹姆斯、韋德和波什留在場上接受採訪，詹姆斯結束後走到韋德身後等待，韋德結束後兩人一起等待波什，然後三人走向更衣室……我想到的還是一個詞彙：「朋友」。

二〇一一年六月七日

達拉斯乾燥炎熱的第三天，箱子裡的衣服仍然散發邁阿密的潮濕。我希望返回邁阿密，希望總決賽進入第七場，這個信念讓我感到小牛將贏得第四場，這樣我們可以回到邁阿密。可是看到ESPN五位專家中有四位預測小牛今晚取勝，我開始忐忑不安，但願專家偶爾說對了。什麼是專家？我們的網友回答：「磚家。」伊比鳩魯回答：「人沒有什麼是自己固有的，除了自以為是。」

二〇一一年六月八日

達拉斯美航中心是藍色的。比賽開始前，攝像鏡頭尋找的是還沒有穿上藍色T恤的球迷，這些球迷發現自己出現在大螢幕上，個個興高采烈並且心領神會地穿上T恤，邁阿密美航中心是白色的。熱火勝利時，邁阿密的慶祝是增加白色（拋擲白色椅套）。小牛勝利時，拉達斯的慶祝是兩萬球迷高舉雙臂，藍色突然減少了。

二〇一一年六月十一日

今天返回邁阿密。達拉斯瘋狂的球迷堪稱「熱火」，相比之下邁阿密的球迷只是熱情的「小牛」。新聞全是對詹姆斯的攻擊。六年小牛先贏後輸，諾維茨基遭遇同樣的攻擊。這就是人生，受關注和受攻擊總是成正比。巴克利又下賭注；若小牛輸了他穿上泳裝站在沙灘上做採訪。巴克利如此龐大的身軀如果穿上泳裝的話，我肯定會想到《功夫熊貓3》。

昨晚的達拉斯美航中心，達拉斯球迷高舉詹姆斯哭泣的圖片。他們將五花八門的羞辱集中到詹姆斯這裡，他們沒有忘記這傢伙是怎麼對付凱爾特人和公牛的。詹姆斯賽前表決心「要麼現在，要麼永遠別拿」，賽後成為了笑柄。我想起中國運動員比賽前向黨旗宣示表決心，輸了比賽也沒人會嘲笑他們的決心，因為沒人敢嘲笑黨旗。

二〇一一年六月十四日

在炎熱的達拉斯和濕熱的邁阿密之後，來到了涼爽的芝加哥。氣溫和心情如此吻合，經歷總決賽的熱情奔放之後，現在安靜了。這一段生活已經結束，另外一段完全不同的生活即將開始。漫長的人生為何令人感到短暫？也許是美好的生活都是一個一個的小段落。記得第一次步入邁阿密美航中心時，我們中間有人說：「我羨慕我。」

南非筆記

二〇一〇年六月十九日

今天我第一次在南非的土地上醒來，昨天是在南非的天空裡醒來。

前天從北京飛往法蘭克福的航班上，機長已經廣播告訴我們，阿根廷四比一戰勝韓國。到達法蘭克福後，我給楊菁短信，詢問馬拉多納身穿什麼服裝出現在賽場？楊菁回答還是那身西裝。看來馬拉多納西裝革履的模樣會持續到離開南非，不知道他什麼時候離開？

六天前在電視裡看到馬拉多納西裝革履出現在賽場時，感覺太陽從西邊出來了。這傢伙留起鬍子後總讓我聯想起寧波街頭的犀利哥，當然是吃了過多烤肉的阿根廷犀利哥。我希望阿根廷進入決賽，因為我想看到馬拉多納向著草地俯衝的情景，尤其是身穿名貴西服的俯衝情景。貝利和貝肯鮑爾是不會做出這種有失身分的動作，這傢伙一切皆有可能。

普拉蒂尼說馬拉多納是好球員不是好教練。馬拉多納是阿根廷球員的偶像，多年來一直生活在別人的恭維裡，卻很少恭維別人，除非是格瓦拉或卡斯楚。現在他使勁恭維自己的球員，讓他們心花怒放地去踢球。若能踢到第七場，他會把多年享受到的恭維全部奉獻給球員。其他教練沒有這個優勢。

貝利說馬拉多納執教阿根廷隊只是為了掙點錢過日子。馬拉多納以前說過貝利為了錢什麼事都願意做。我上個月在馬德里街頭時，看到這兩人在一幅巨大廣告上親熱地玩桌式足球賽，旁邊站著小字輩的齊達內。好像是路易威登的廣告。這兩代球王分開掙錢時互相嘲諷，一起掙錢時看上去親密無間。

在法蘭克福登機前，看了法國隊輸給墨西哥隊的比賽。昨天驅車前往太陽城時，在中途一個加油站看到德國隊輸了，晚上英格蘭隊迎來了第二場平局。非洲大陸正在持續散發出詭異的氣息，他們自己的球隊同樣表現欠缺。

這裡一天溫差很大。我穿上帶來的棉衣去太陽城，阿來沒有帶棉衣，倒是戴上一頂去年在瑞士登雪山時買的棉帽。我問他不冷嗎？他指指自己頭上的棉帽說不冷。中午在陽光下很熱，我脫去棉衣，他反而戴上了棉帽，起到遮陽作用。這傢伙也有些詭異，與非洲大陸的詭異十分和諧。

晚上，一條驚人的新聞迎接我：朝鮮隊有四名球員逃跑。對此，朝鮮隊姍姍來遲的回答倒是胸有成竹：讓記者們在比賽時自己去清點人數。西方媒體經常無中生有和捕風捉影，這一點我早已了解，可是我仍然捫心自問：如果我是一個朝鮮國民，我會逃跑嗎？我無法確定。我能夠確定的是愛國主義是熱愛自己的祖國，不是去熱愛一個人或者一小撮人。

二〇一〇年六月二十日

在南非我感受到什麼叫廣袤的大地，不是一望無際的平坦，而是不斷起伏地擴展。葵林、仙人掌、灌木和樹林成群結隊地出現在視野裡，有時它們又是孤獨的形影相弔。金礦和煤礦相隔不遠，焚燒野草的黑煙與火力發電的白煙在遠處同時飄升……在變化多端的大地上，我感到最迷人的是向前延伸的道路，神祕又悲壯。

二〇一〇年六月二十一日

這兩天長途跋涉。前天離開約翰尼斯堡，經過七個多小時的奔波，來到了克魯格國家野生動物公園。期間繞道去參觀兩個景點，一個名叫「上帝的窗戶」，在懸崖上俯視一千米以下的寬廣森林，有三個窗戶（看臺）隱藏在懸崖上面的樹叢裡。我懷疑上帝會從這裡觀察人類，因為這是一份不光彩的偷窺工作。另一個景點名叫「幸運的洞穴」，地下水源源不斷地從南非這個半乾旱的國家裡湧出來，那地方景色不錯，尤其是石頭們帶來的感覺。如果要求不是太高的話，應該說前天的旅行可以接受。其實在出發之前我就有了心理準備，不要對旅行社的安排有什麼奢望，尤其是中國的旅行社安排的路線。

昨天一天都是在國家野生動物公園裡。我們坐在每小時五十公里速度的汽車裡，緩慢地在野生動物公園裡前行。而且不能下車，以防幾頭雄獅從草叢裡跳躍出來偷襲我們，雖然整整一天都沒有見到獅子的影子，可是獅子撲向我們的陰影一直揮之不去。早晨剛剛進入公園時，我們全神貫注，感覺野獸們會成群結隊地出現在我們面前，甚至簇擁著我們的汽車。我錯誤地把在北京動物園裡的感受帶到了這裡，一小時左右的時間過去了，什麼都沒有看見，仍然信心十足，因為看到公路上留下很多野獸的糞便。最先出現的是羚羊，引起我們一陣激動。牠們在這裡有十四多萬頭，最容易被看見，牠們的屁股和尾巴上的黑毛組成一個「M」，被稱為獅子的麥當勞。然後一頭金錢豹從我們的汽車前大模大樣地橫穿公路，導遊連聲說我們運氣好，因為金錢豹是很難見到的。接下去分別是遠遠地看到了睡眠中的河馬和緩慢移動的長頸鹿，深感滿足。就是猴子的出現也會讓我們喜出望外。只要前面有一輛汽車停下來，來往的汽車都會停下來，車裡的人東張西望起來。我心想，如果有一輛汽車在這裡拋錨，所有的汽車可能都會擁擠到這裡，以為是野生動物大遷徙的壯觀情景出現了。下午返回的途中見到一群大象穿過公路的情景，可能是這一天裡最好的時刻。另外一個情景也不錯，有人將車停在路邊，抽著香菸在車旁漫步了，他們知道不會有什麼野獸的敵情了。

我有這樣的感受：在北京動物園裡看動物，好比是看世界盃的射門集錦；在克魯格看動物，好比是看一場雖然沉悶可是有進球的世界盃小組賽。

二〇一〇年六月二十二日

朝鮮隊在中國的媒體上大起大落，先是嘲笑，後是尊敬，現在又是嘲笑。沒有變化的是中國媒體始終將他們描述成一支飢餓的隊伍，變化的只是飢餓的詞義。當他們頑強抵抗強大的巴西隊後，飢餓成為褒義詞。

六天前麥孔進球後亢奮激動的情景，已經代表巴西隊向朝鮮隊表達了尊重。巴西隊在歷屆世界盃第一場小組賽上的進球，好像沒有這麼激動過。那一天朝鮮隊成為中國的媒體寵兒，儘管仍然是大篇幅地報導朝鮮隊員的貧窮，可是語義變了。我們總是以自己的腐敗去嘲笑人家的貧窮，六天前我第一次看到腐敗向貧窮致敬了。

今天朝鮮隊〇比七敗給葡萄牙隊之後，我們的媒體繼續講述朝鮮的貧窮，當然飢餓的詞義回到了貶義。我們的報導說朝鮮隊被打回原形，其實是我們媒體將自己打回了原形。

我想起十年前在首爾，我向韓國作家李文求講述中國的文革往事，說明朝鮮是可怕的國家。李文求堅定地回答：「我們朝鮮民族不會這樣。」然後詢問崔元植教授關於南北統一，崔元植同樣堅定地說：「我們朝鮮民族面臨的最大危機不是南北分裂，而是在四個大國的夾縫中生存。中國、俄羅斯、日本和太平洋對岸的美國。」

二〇一〇年六月二十三日

在勒斯騰堡觀看小組第三輪第一場比賽，烏拉圭對陣墨西哥。這兩隊只要打平就可攜手晉級，可是激烈的對攻像是一場生死戰，因為失敗者會在淘汰賽時面對強大的阿根廷，兩隊都使勁要把對方送向阿根廷的虎口。勝利的意義變得複雜起來。

法國隊在人們意料之中出局。自從阿內爾卡辱罵主帥多梅內克被曝光後，全世界的媒體對法國隊的興趣已經離開了比賽，集中到內訌上面。其實每支球隊裡都有矛盾，都有球員和教練之間的粗口，球員之間的對罵，現在乘風破浪的巴西和阿根廷也不會例外。關鍵還是勝負，失敗會讓矛盾放大，勝利會讓矛盾視而不見。

很多年前讀西蒙波娃日記，知道青年沙特服兵役期間就在德法邊境的哨所，他們經常留下一個士兵在哨所打呵欠，其他士兵溜到附近小鎮裡喝酒泡妞。到了週末，哨所乾脆空空蕩蕩。一九九八年的法國隊會讓人聯想起拿破崙時期的法國兵，現在南非世界盃上的這支法國隊有點像沙特服兵役時期的法國兵。

二〇一〇年六月二十四日

小組賽第一輪是沉悶，第二輪是意外，第三輪是懸念。一九八二年以來，我看到的世界盃小組第三輪常常是不少強隊的休閒時刻，本屆世界盃小組第三輪卻是多數強隊的生死時刻。高潮提前出現了，接下去決賽級別的比賽從八分之一淘汰賽就開始，直到四分之一、半決賽和決賽。這可能是世界盃歷史上最為持久的高潮。

美國隊補時階段進球，好萊塢式的躍居小組第一；迦納隊拚死拚活仍然輸了，卻在淘汰賽繞開強敵。德國隊和英格蘭隊在慶幸自己晉級之時，也會感嘆命運的不可知。義大利、西班牙、葡萄牙等隊生死未卜。充滿戲劇性的南非世界盃也許是對經驗主義的挖苦。一位古希臘人說得好：命運的看法總是比我們更準確。

二〇一〇年六月二十五日

昨天在艾麗絲球場，我看見義大利球員在場上互相指責，也看見斯洛伐克兩名球員在場上差點打架。這是足球比賽的一部分。不同的是，失敗的義大利球員可能會將指責帶進更衣室，勝利的斯洛伐克球員不會。斯洛伐克球員手把手激動地向著草地俯衝過來。對於他們來說，進入十六強的喜悅就是捧起大力神杯的喜悅。

二〇一〇年六月二十六日

索韋托是南非種族隔離制度的標誌。超過一百萬黑人被驅趕到這裡，無電無水擁擠在狹窄屋子裡，出門需要通行證和進城證。如今的索韋托有電有水，也有寬敞的道路，可是昔日的苦難還在顯現。當年黑人帶來很多裝滿衣物的紙盒堆在家中，很多人沒有打開紙盒，期待有一天可以回家。這些人直到死去仍然沒有回家。

一九九四年曼德拉當選總統，宣告種族主義在南非結束。為了表達寬恕與和解，曼德拉邀請他坐牢時的白人看守出席就職典禮。那一天南非彷彿沉浸在美夢之中，有人對妻子說：「親愛的，不要叫醒我，我喜歡這個夢。」十多年後，曼德拉和圖圖他們做到了寬恕與和解，很多人沒有做到，仇恨的種子仍然在南非發芽生長。

圖圖在《沒有寬恕就沒有未來》的中文版序言裡對中國讀者說：「我對把過去掃入角落視而不見的做法是否合適表示懷疑。過去的從來就沒有過去。它們有種怪異的力量，能夠重現並長久縈繞在我們心頭……中國如果能夠妥善處理往昔的痛苦，就會成為一個更加偉大的國家。」

二〇一〇年六月二十七日

男球迷和女球迷有所不同，男球迷關心比賽，女球迷在關心比賽的同時另有所圖。在約翰尼斯堡的騰訊記者駐地說兩句某個帥哥球星的壞話，立刻會有女記者虎視眈眈或可憐巴巴地盯著你。某女記者採訪某位帥哥球星時意外獲得了兩次貼面親吻，回來後喜不自禁地講述美好的貼面，立刻引起其他女記者羨慕的尖叫聲，男記者則是不屑地說：「他是憋壞了。」

二〇一〇年六月二十八日

我在南非繼續感受著道路的命運。當它經過一段森林時，道路在幽靜的景色裡變得平淡無奇；經過一個人煙稠密的小鎮時，道路顯得庸俗不堪。只有在廣袤的大地上，道路才擁有自己的命運。我看到久違了的木頭電線桿在夜色裡像是兩排道路的衛兵；前面陡峭路上出現一排整齊的車燈時，道路就像電梯一樣緩緩上升。

二〇一〇年六月二十九日

世界盃期間，人們對嗚嗚茲拉的出現喋喋不休。非洲人弄出如此壯觀的助威工具，他們的腮幫子工夫同樣壯觀，周而復始地吹響著。讓人覺得這屆世界盃是在養蜂場裡進行，看臺像是密密麻麻的蜂巢。很多年以後，很多人會忘記南非世界盃的冠軍是誰，可是會記得嗚嗚茲拉。這就是人類，關心野史總是超過關心正史。

二〇一〇年六月三十日

南非世界盃期間難忘的經歷就是在路上。球迷乘坐的巴士停在很遠處，進賽場要走一小時，出賽場再走一小時。而且道路尚未竣工，我時常走在黃土裡，一雙灰鞋變成了黃鞋。與幾萬各國球迷同行，在奇裝異服和嗚嗚茲拉的響聲裡其樂無窮。賽事愈來愈精彩，球迷愈來愈興奮。南非值得讚賞，舉辦世界盃沒有打腫臉充胖子。

勒斯騰堡和比陀的球場擴建後仍然顯得簡陋，似乎過去是水泥階梯的座位，為了世界盃臨時安裝上了塑膠座位。約翰尼斯堡的艾麗絲球場也是如此。沒有關係。人們千里迢迢來到這裡是為了觀看真正的比賽和南非原有的景色，而不是裝修後的南非景色。

六月十一日南非世界盃開幕式簡單節約熱情奔放，似乎可以看到GDP總量和人均年收入的平衡。北京奧運會開幕式富麗堂皇奢華無比，只代表中國迅速崛起的GDP總量，不代表仍然落後的人均年收入。

記得北京奧運會開幕式後流行一個段子：這個開幕式肯定是前無古人後無來者，為什麼？一，有這麼多人的國家，沒有這麼多的錢；二，有這麼多錢的國家，沒有這麼多的人；三，既有這麼多人又有這麼多錢的國家，沒有這麼多的權。

二〇一〇年七月一日

每逢世界盃，中國人就開始為外國人搖旗吶喊，為了各自支持的球隊在網上唇槍舌劍甚至破口對罵。我在南非時，外國球迷都將我當成日本或韓國或朝鮮人，知道我是中國人十分驚訝，因為中國隊沒去南非。西方媒體這些年來總是擔心中國民族主義情緒的高速膨脹，他們不知道我們有時候沒有民族主義情緒，比如世界盃期間。

二〇一〇年七月三日

巴西隊昨夜出局，中國的網路上開始指責是假球，說主帥鄧加收了黑錢。好在巴西隊昨夜輸給了荷蘭隊，如果是輸給了朝鮮隊，我們的網上會說巴西這個國家都是假的。腐敗的環境讓中國球迷練就了強大的反腐決心，只在中國境內反腐不解恨，跨國反腐才過癮。

從一九八二年開始看世界盃，每屆巴西隊的提前出局都讓很多中國球迷難受。看看巴西球員胸前的五星徽章，足以說明巴西隊的強大持之以恆。如果他們胸前的徽章已經被更多的星環繞，足球可能會失去魅力。所以，巴西隊對世界足球的最大貢獻不是在世界盃上贏球，而是輸球。這樣我們才知道足球和乒乓球的區別。

二〇一〇年七月四日

有人說蘇亞雷斯雙手托出必進之球是不道德的。我想換成迦納的球員，換成另外三十國的球員也會這麼做。那一瞬間只有求生的本能反應，其他什麼都沒有。如果球員們在賽場上滿腦子想著道德奔跑，再想著偉大的祖國和背後有多少人民的支持，還有父母……這就不是世界盃足球賽了，這是央視《新聞聯播》的派頭。

烏拉圭隊在精彩跌宕的比賽裡最終點球戰勝迦納隊。我想起曾有中國記者問瑞典學院的一位院士：「冰島不到三十萬人口，就有人獲諾貝爾獎；中國有十三億人口，為何沒人獲諾獎？」這樣的比較很幽默，好比有人問布拉特：「烏拉圭只有三百萬人口，可是他們的足球運動為何強於十三億人口的中國？」

二〇一〇年七月五日

二十八年來首次看到德國人用義大利人防守反擊的方式，大比分幹掉英格蘭人和阿根廷人。提前回家的義大利人可能會甘拜下風。中國的俗話說：青出於藍而勝於藍。許三觀說：「屌毛出的比眉毛晚，長得卻比眉毛長。」至於馬拉多納酋長，他不會為我們表演西裝革履的俯衝了。巴西和阿根廷都走了，南非世界盃也快結束了。

巴西出局，阿根廷球迷幸災樂禍；阿根廷出局，巴西球迷興高采烈。看到對手身上的傷口會暫時忘了自己的疼痛。貝利和馬拉多納的對立，就是這兩國球迷的對立。這時候很多中國球迷正在為他們的共同出局難過，別人的傷口卻是自己在疼痛。究其原因，可能是自己的足球一無所有，現在連傷口和疼痛也沒有了。

馮小剛說中國電影像中國足球。以前有人說中國文學像中國足球；股市低迷時有人說中國股市像中國足球……其實中國足球這些年給我們帶來很多歡樂，拿它作比喻來發洩憤怒和不滿很安全，既不會犯政治錯誤也不會犯經濟錯誤。

二〇一〇年七月九日

神奇的章魚保羅準確地預測了所有比賽的結果，中國人愛稱其章魚哥，尊稱其章魚帝。章魚種類多達六百五十種。最為神奇的是雌雄紫毯章魚體積之差，雌章魚的體重是雄章魚的四萬倍，雄的只有雌的眼珠那麼大。牠們的相愛可謂驚世駭俗。如果將「愛情的力量」用在紫毯章魚這裡，人類再用此話可能會不好意思。

二〇一〇年七月十一日

約翰尼斯堡國際機場的免稅店裡插滿了嗚嗚茲拉，每枝售價一百元人民幣左右。不少歐洲球迷登機前買上七、八支，揹在身後像是繳獲的槍枝。我回國時也買了一枝揹回北京。今天才知道這中國製造的出口價只有兩元六角人民幣，而且這可憐的價格裡還包含了環境污染等等。一位我尊敬的長者幾年前說過：中國是付出一百元去換來十元的GDP。

世界劇場

世界盃是一個世界劇場，三十二個國家的球員在此上演他們的力量和速度，戰術和技巧，勝利和失敗；三十二個國家的球迷在此上演他們的脂肪和啤酒，狂熱和汗水，歡樂和傷心。在這個為期一個月的世界劇場裡，踢球的和看球的，不分演員和觀眾，每個人都是自己人生旅途中的明星。

騰訊網為我提供前往這個世界劇場的機會，並且建議我挑選中間的十天賽事，也就是小組賽的尾聲和十六強賽的開始。我欣然接受，因為這正是我想要的。

想想那些蜂擁而至的球迷，有的腰纏萬貫，有的囊中羞澀；有瘋狂的，有害羞的；有爭吵打架的，有談情說愛的；有男女老少，有美醜俊陋……人類有史以來所有的演出，劇院的、街頭的、屋裡的、床上的、政府裡的、議會裡的、飛機上的、輪船裡的、火車和汽車裡、戰爭與和平裡，政治和經濟裡……都會改頭換面集中到這個世界劇場上。

可是隨著賽事的推進，球迷就會逐漸離去，到了半決賽和決賽的時候，五彩繽紛的球迷逐漸趨向單一。這就是我為什麼欣然挑選中間十天的理由，我可以感受到大規模的球迷的喜怒哀樂。在小組賽結束和十六強賽開始之時，想想約翰尼斯堡或者開普頓的機場吧，傷心的球迷成群結隊地進去，歡樂的球迷源源不斷地出來。

我經歷如此漫長的旅途，來到六月的南非，我想看到的不只是激進或者保守的比賽，我還想看到三十二面國旗如何在不同膚色、不同年齡和不同性別的臉上波動，看到不同風格的奇裝異服……我還想聽聽不同語言的髒話，有可能還會學到一些。人就是這麼奇怪，冠冕堂皇的語言學起來累死，可是髒話一學就會。

英格蘭球迷

二〇〇二年韓日世界盃期間，我正在進行十分漫長的旅行：北京—香港—雪梨—墨爾本—布里斯本—香港—倫敦—都柏林—北京。

我要說說在都柏林的感受。

第一個是抵達的感受。從倫敦希思洛機場起飛，來到愛爾蘭上空時，我乘坐的飛機緩緩下降，穿越了清晰可見的愛爾蘭大地，重新來到了大西洋上空，然後飛機開始掉頭，由於海水和陽光的相互反應，讓我看見了愛爾蘭在大海裡展示出來的帶弧光的美麗海岸線。飛機階梯般的接近海水，大西洋的藍色深不可測，巨大的寧靜突然令我感動。

當我步出都柏林機場時陽光明媚，可是來接我的人卻手持雨傘。驅車前往住所時，看到很多人都手持雨傘行走在陽光裡。我還沒有到達住所，天空瞬間陰沉了，大雨傾瀉下來。接下來的日子裡，我每天經歷都柏林的晴轉雨和雨轉晴的生活，燦爛陽光和陰沉大雨不斷互相傳遞接力棒。我想起了詹姆斯・喬伊斯作品中的描寫，他這樣寫道：都柏林的天氣就像嬰兒的屁股一樣沒個準頭，一會兒屎來了，一會兒尿來了（大意如此）。

第二個感受是我在都柏林遇到的傳說中臭名昭著的英格蘭球迷。我先說說一場比賽，我和一位翻譯，還有幾位愛爾蘭作家在都柏林的酒吧裡觀看愛爾蘭和西班牙十六強淘汰賽，著名的U2樂隊就是從這家酒吧發跡的，這裡的球迷比較文雅。由於愛爾蘭在小組賽的出色表現，我的幾位愛爾蘭同行對他們球隊的前景開始想入非非。結果是愛爾蘭隊出局，我的愛爾蘭同行們十分洩氣；他們的朋友，一位西班牙女士則是興致勃勃。午餐時，那位西班牙女士手舞足蹈，滔滔不絕，嘴唇上一片繁忙景象，說出的話是她吃下的食物的幾十倍。那幾位愛爾蘭作家始終禮貌地微笑，彷彿十分欣賞她的言詞表演，其實未必。

英格蘭在首輪淘汰賽輕鬆取勝，挺進八強。在都柏林度假的英格蘭球迷身穿英格蘭隊服，欣喜地在大街上喊叫並且歌唱地跑來。我看見一個胖子揹著另一個胖子跑來，後面跟著幾個胖子。我走過幾條街道以後，更加可愛的情景出現了，一群英格蘭胖子揹著胖子跑來了。被揹著的胖子們神情輕鬆哇哇大叫，負重奔走的胖子們則是苟延殘喘的模樣。

這個印象是如此深刻，以至於我後來想到英格蘭球迷時，便是一群奔走的胖子。同時也給予我錯覺，似乎英格蘭球迷都是十分肥壯。

我在都柏林的行程結束後，乘坐飛機前往倫敦，再轉機返回北京。一群身穿英格蘭隊服的球迷和我一起登機。飛機在都柏林起飛前，英格蘭和巴西的八強賽已經打響。飛機結束爬升，剛剛平飛，機艙服務開始時，機長通過機艙廣播告訴乘客，英格蘭一比〇領先巴西，歐文的進球。機艙裡爆發了一片歡呼聲，身穿英格蘭隊服的球迷們紛紛離開座位，從褲袋裡摸出鈔票，買起了啤酒，然後互相乾杯了。我從來沒有經歷過如此熱鬧的飛行，這群英格蘭球迷把空中的飛機當成了地上的酒吧。機組人員出來制止，他們才想起自己正在萬米高空，一個個回到座位上，面帶好學生的笑容，安靜地坐在了那裡。

後來機長沒有再報告比賽進程。我覺得應該是在降落倫敦的時候，英格蘭輸掉了比賽。我現在想，如果當時機長報告了比賽結果，那麼我們的飛機在降落時有可能像醉漢一樣搖搖晃晃。

英格蘭球迷是這個世界上最為著名的「足球流氓」，有關他們縱火鬥毆的報導常常見諸報端，而我印象中的英格蘭球迷卻是十分可愛。為何要將英格蘭球迷首選為「世界足球流氓」？這可能是媒體的作用。在熱愛足球的國家裡，都有縱火鬥毆的球迷。問題是世界媒體已經習慣在英格蘭球迷身上找茬，從而讓其他國家的「足球流氓」常常逍遙輿論之法外。

十多年前，我第一次去美國的時候，美國諾頓出版公司當時的董事長蘭姆先生對我說：「你知道什麼是媒體嗎？」

他坐在家中的沙發裡，舒適地伸出食指，向我解釋：「比如你的手指被火燒傷，如果媒體報導了，就是真的；如果媒體沒有報導，就是假的。」

二〇一〇年五月二十日

籃球場上踢足球

南非世界盃走來了。前幾天和白岩松、劉建宏相聚，聊起過去在籃球場上踢足球的經歷，這是我們青春記憶裡的美好部分。

我想，很多中國球迷都有在籃球場上踢足球的人生段落。我將自己的段落出示兩個，在此拋磚引玉，或許會引來更多的精彩段落。

第一個段落是一九八八年至一九九〇年期間。當時我在魯迅文學院學習。魯迅文學院很小，好像只有八畝地，教室和宿舍都在一幢五層的樓房裡，只有一個籃球場可供我們活動。於是打籃球和踢足球全在這塊場地上，最多時有四十來人擁擠在一起，那情景像是打群架一樣亂七八糟。

剛開始打籃球的和踢足球的互不相讓，都玩全場攻防。籃球兩根支架中間的空隙就是足球的球門。有時候足球從左向右進攻時，籃球剛好從右向左進攻，簡直亂成一團，彷彿演變出了橄欖球比賽；有時候足球和籃球進攻方向一致，笑話出來了，足球扔進了籃框，籃球滑進了球門。

因為足球比籃球粗暴，打籃球的遇到踢足球的，好比是秀才遇到了兵。後來他們主動讓步，只打半場籃球。足球仍然是全場攻防。再後來，打籃球的無奈退出了球場，因為常常在投籃的時候，後腦上挨了一記踢過來的足球，疼得暈頭轉向。而籃球掉在踢足球的頭上，只讓踢球的人感到自己的腦袋上突然出現了彈性。就這樣，籃球退出了籃球場，足球獨霸了籃球場。

我們這些踢足球的烏合之眾裡，只有洪峰具有球星氣質，無論球技和體力都令我們十分欽佩。他當時在我們中間的地位，好比是普拉蒂尼在當時法國隊中的地位。

當時誰也不願意幹守門的活，籃球支架中間的空隙太窄，守門員往中間一站，就差不多將球門撐滿了，那是一份挨打的工作。所以每當進攻一方帶球衝過來，守門的立刻棄門而逃。

我記得有一次莫言客串守門員，我抬腳踢球時以為他會逃跑，可他竟然像黃繼光似的大無畏地死守球門，我將球踢在他的肚子上，他捂著肚子在地上蹲了很長時間。到了晚上，他對我說，他當時是百感交集。那時候我和莫言住在一間宿舍裡，整整兩年的時光。

第二個段落是一九九〇年義大利世界盃期間。那時馬原還在瀋陽工作，他邀請我們幾個去瀋陽，給遼寧文學院的學生講課。我們深夜看了世界盃的比賽，第二天起床後就有了自己是球星的幻覺，拉上幾個馬原在瀋陽的朋友，在籃球場上和遼寧文學院的學生踢起了比賽。遼寧文學院也很小，也是只有一個籃球場。

馬原的球技遠不如洪峰，我們其他人的球技又遠不如馬原。可想而知，一上來就被遼寧文學院的學生攻入幾球。

我們原本安排史鐵生在場邊做教練兼啦啦隊長，眼看著失球太多，只好使出絕招，讓鐵生當起了守門員。鐵生坐在輪椅裡守住籃球支架中間的空隙以後，遼寧的學生再也不敢射門了，他們怕傷著鐵生。

有了鐵生在後面一夫當關萬夫莫開，我們乾脆放棄後場，猛攻遼寧學生的球門。可是我們技不如人，想帶球過人，人是過了，球卻丟了。最後改變戰術，讓身高一八五公分的馬原站在對方球門前，我們給他餵球，讓他頭球攻門。問題是我們的傳球品質超級爛，馬原的頭常常碰不到球。

雖然鐵生在後面坐鎮球門沒再失球，可是我們在前面進不了球，仍然輸掉了客場比賽。

二〇一〇年五月二十八日

七天日記

第一天：星期六，九月二十六日

我今天仍然是在電鑽打孔時抖動的聲響和鐵鎚敲打時震動的聲響裡醒來，這樣劇烈的響聲就在我家的樓上，持續了將近兩個月，有時候我覺得整幢大樓都在顫動。

我居住的這幢公寓二〇〇〇年已經交付入住，現在我樓上的人家又在裝修了。不斷重新裝修房屋，在中國的城市裡司空見慣，因為我們是一個熱衷於裝修的國家。這幢大樓聳立在北京嘈雜的北三環旁，以往的日子裡，我家臨靠北三環兩個房間的窗戶是雙層的，長期緊閉，以防噪音的入侵；最近兩個月，我每天打開這兩個房間的雙層窗戶，真誠地歡迎北三環上川流不息的汽車噪音蜂擁而入，它們可以緩衝樓上的響聲。電鑽和鐵鎚的尖銳聲讓我感到心臟十分難受，當響聲變得混雜以後，難受的只是耳朵了。為了保護心臟，我只能犧牲耳朵，這叫兩害取其輕。

我打開電腦，上網去流覽一下我們國家目前最大規模的裝修進展如何？我指的是六十週年國慶的各項準備工作。所有的網站都以喜慶的紅色迎接我，國旗的圖示幾乎插滿了我打開的每一個頁面。對過去六十年的光榮回顧和祝福的話語仍然在首頁的醒目位置，它們在那裡待了有兩個月，和我家樓上裝修的時間差不多長。

天安門廣場已經修繕一新，閱兵遊行的演練也已經結束。新聞開始關注起了天氣，氣象專家們會商了十月一日的天氣趨勢，基本排除惡劣天氣影響。北京氣象部門聲稱針對閱兵、遊行和晚會焰火，將會做出精細化預報。安全保衛仍然是今日新聞的要點。安保有了新的內容，不再只是防止恐怖襲擊，防止擁擠踩踏也進入安保的範圍。十月一日這一天，會有無數人前往長安街和天安門廣場。

偶爾流覽到一條幾天前的新聞，北京市公安局宣稱：在國慶安保的「驚雷行動」中，已破獲各類刑事案件九千八百餘起，抓獲涉案犯罪嫌疑人六千五百餘名，打掉犯罪團夥三百六十餘個。我心想：如果不是六十週年，這些被抓獲的犯罪嫌疑人裡，是否有一些人會繼續逍遙法外？

一位西方記者打電話進來，詢問六十週年對我有什麼意義？我告訴他：六十週年對於我的意義，就是比五十九週年多了一年。

第二天：星期天，九月二十七日

我妻子說：「今天電鑽好像沒有響。」我好像也沒有聽到電鑽聲，只是有一些鐵鎚的敲打聲。生活的趨勢似乎在好轉，還是不能樂觀。這兩個月裡，有過幾次電鑽聲突然消失，鐵鎚聲也在減弱的時刻，可是就在我們滿懷信心準備迎回安靜的生活之時，可怕的電鑽聲和鐵鎚聲轟轟烈烈地搶先回來了。所以我告訴妻子：「只有聞到刷牆的油漆氣味，才意味著電鑽和鐵鎚的使命結束了。」

遠在浙江老家的父親打來電話，這位一九四八年加入中國共產黨的老革命，在六十週年大前夕接受了不少榮譽。他喜氣洋洋地告訴我：省政府給他頒發了獎章，市政府給他頒發了獎盃，縣政府送給他一床被子。當他知道我十月五日要去德國，就在電話裡警告我：「到了德國，不許說中國的壞話。」

第三天：星期一，九月二十八日

樓上的電鑽又響了。我對妻子說：「我知道它會回來的。」兩個月的折磨之後，我的惱怒變成了無奈，我繼續說：「他們不是在裝修房屋，他們是拿著電鑽和鐵鎚在牆壁裡尋找寶藏。」

今天，北京地鐵四號線開通運營，這對我的生活有著積極的意義，因為「人民大學站」就在我家樓下。CCTV也在今天推出了籌備已久的高清電視節目，可以讓全國人民通過電視看到更加清晰的國慶盛典。

這兩條消息意味著六十週年大慶的裝修已經結束。中國有一個傳統，就是重大工程和專案都是搶在重大節日前完成。可是樓上的電鑽和鐵鎚仍然不知疲倦地響著，我感到奇怪：一個國家的裝修都結束了，一個家庭的裝修還在進行。

第四天：星期二，九月二十九日

低沉、混沌和均勻的隆隆聲在樓上響了一天。我利用了全部的知識和經驗，仍然無法判斷是什麼機器在工作？我覺得隆隆的聲波正在按摩整幢大樓，午飯後我睡著了一會兒。

第五天：星期三，九月三十日

天安門廣場今天下午封鎖了。明天有近三十萬參加集會的群眾，通過五十多個安檢口進入廣場，每個隊伍到達指定位置的時間誤差在十秒以內。據悉，是數學家和電腦專家精確地排列出來的。

網上有人在猜測和討論，明天胡錦濤乘坐的閱兵車的車牌號碼是多少？

第六天：星期四，十月一日

今天北京的天空像海洋一樣湛藍，白色的浮雲猶如長長翻起的波濤。胡錦濤身穿中山裝，似乎帶上了一絲過去時代的氣息，乘坐「京V・02009」牌號的國產紅旗閱兵車，檢閱了威武三軍。

然後分列式開始，媒體形容他們：英武水兵、陸軍雄姿、鏗鏘女兵、威猛武警。核導彈、常規導彈、巡航導彈、防空導彈、坦克、兩棲突擊車、裝甲車、無人機、火箭炮的方隊威風凜凜地經過；領隊機梯隊攜彩色煙霧飛過之後，預警機、殲11戰機、轟炸機、殲10、殲轟7A、加受油機梯隊、女飛行員駕機，也飛越了天安門上空。此後，群眾的遊行隊伍由六十輛彩車組成不同的方隊，從天安門城樓前浩浩蕩蕩經過。遊行隊伍高舉著毛澤東、鄧小平、江澤民和胡錦濤的巨幅畫像。媒體欣喜地報導：四位領導人首次聚首天安門廣場。

我們的媒體發出了千篇一律的頌揚和自豪之聲：祖國強大昌盛，人民安居樂業。與此同時，官方網站人民網的「強國論壇」上出現了另外的聲音。有人建議，在遊行的方隊裡，應該增加失業大軍方隊和貪官方隊。有人感嘆：「生活艱難啊！窮人是沒有節日的。」還有人向祖國傾訴：「祖國啊，讓我們說聲愛您不容易！因為我們有太多的冤屈想向您訴說。我們的生活過得不如意，我們的自尊受到的傷害太多。」

也有很多線民表達了對祖國的祝福。面對網上兩種不同的聲音，有人幽默地建議，應該有一個線民方隊走過天安門廣場。「這個方隊分成左右兩部分。左半部由左派網友組成，一律用左腳踢正步，右腳走齊步；右半部由右派網友組成，一律用右腳踢正步，左腳走齊步。為了表示鮮明的立場，左右兩派網友皆不擺動手臂。為了防止意外發生，這個方陣左右兩部分的交界處由防暴員警手持透明防暴盾牌進行分割。儘管如此，仍不時有兩邊的網友朝對方互吐口水……」

第七天：星期五，十月二日

油漆的氣味出現了，是從衛生間的排風口滲透進來的。然後我意識到，今天樓上沒有發出響聲。我心想，正常的生活終於要回來了。

註：法國《解放報》二〇〇九年邀請法國和世界各地的作家接力寫日記，每人寫七天，輪到我的時候剛好是我們六十週年大慶。日記發表在二〇〇九年十月三日的《解放報》上。

一個國家，兩個世界

如果從倫理道德和處世哲學的角度來探討中國這六十年的社會變遷，那麼家庭價值觀的衰落和個人主義的興起可以作為一條歷史的分界線，顯現出同一個國度裡的兩個絕然不同的世界。

毛澤東時代的中國，個人在社會生活中是沒有空間的，如果個人想要表達自我訴求，唯一的方式就是投身到集體的運動之中，比如一九五八年的大躍進和一九六六年開始的文化大革命。值得注意的是，在這些轟轟烈烈的集體運動中，個人的自我訴求必須和當時的社會準則或者說是政治標準完全一致，稍有偏差就會引來麻煩和噩運。用當時流行的比喻，我們每個人都是一滴水，匯集到社會主義的大江大河之中。

在那個時代，個人只能在家庭中擁有其真正的空間。也就是說個人的自我訴求作為獨立的意義，只能在家庭生活中表達出來。因此當時的社會紐帶不是個人和個人之間聯結起來的，而是家庭和家庭之間的聯結。可以這麼說，家庭是當時社會生活裡的最小單位。

這就是為什麼家庭價值觀在中國人這裡曾經如此的重要，夫妻之間的不忠被視為大逆不道。當時的社會倫理會讓婚外戀者遭受種種恥辱，比如剃成陰陽頭的髮型遊街，甚至以流氓罪被判刑。文革期間，由於政治鬥爭的殘酷，夫妻相互揭發，父子反目屢有發生，不過這些事例只是出現在少數家庭，極大多數家庭則是空前團結。在當時外部環境的高壓之下，人們十分珍惜家庭的內部生活，因為只剩下這一點點屬於個人了。

毛澤東之後，經濟的飛速發展讓中國出現了翻天覆地的變化，這樣的變化滲透到了中國的方方面面。思維方式和生活方式，世界觀和價值觀也同樣翻天覆地的變化了。於是，過去的倫理道德逐漸缺失，利益和金錢的處世哲學替代了文革時期革命的處世哲學。文革時期有過一句著名的口號：「寧要社會主義的草，不要資本主義的苗。」今天的中國，已經讓我們很難分清什麼是屬於社會主義，什麼是屬於資本主義？我覺得草和苗在今天的中國已經是同一種植物了。

被壓制已久的個人主義，在一個唯利是圖的社會裡突然興起，必然會衝擊家庭價值觀。其實，強調個人價值和遵守家庭價值之間本來不是矛盾。問題是我們的發展太快了，短短三十年，我們從一個極端走向了另外一個極端，從一個人性壓抑的時代來到了一個人性放蕩的時代，從一個政治第一的時代來到了一個物質至上的時代。過去，社會束縛的長期存在，讓人們只能在家庭裡感受到些許自由；今天，社會的束縛消失之後，曾經讓人倍加珍惜的家庭自由突然間無足輕重了。如今婚外戀愈來愈普遍之後，已經不是什麼見不得人的事，成功者包養情人也是司空見慣。

當每個人都擁有一個舞臺，可以充分地秀自己之時，過去意義的家庭在今天完全改變了，或者說現在的家庭不再像過去那樣承載很多屬於社會的功能。很多人不再像他們的父輩那樣珍惜家庭，因為他們的價值更多地體現在了社會生活裡，很少體現在家庭生活中。

過去的三十年，我們的發展就像是一匹脫韁的野馬那樣一路狂奔，我們全體都在後面大汗淋漓地追趕，我們追趕的步伐常常跟不上發展的速度。展望今後的十年，我覺得，或者說我希望，我們發展的速度應該慢下來，這匹脫韁的野馬應該跑累了，應該放慢腳步了。

然後，我們可以在個人價值和家庭價值之間找到平衡。

原載美國《富比士》雜誌二〇〇九年九月二十八日

我二十多年前去過西藏

我二十多年前去過西藏，但是我對西藏歷史的了解和我們的官員一樣少。二〇〇八年北京奧運會前夕，火炬傳遞在巴黎被搶，在三藩市悄悄改道，西藏問題由此在西方世界沸沸揚揚。這時候我要前往法國、義大利和德國為《兄弟》的出版做宣傳，我知道採訪時一定會面對西藏問題，這是我不能也不應該迴避的。出發前三個月我臨時抱佛腳讀了幾本關於西藏方面的書，其中包括著名的藏獨著作夏格巴的《藏區政治史》（內部發行）。這是林彪教給我的學習方法，林彪說「帶著問題去學」，然後「活學活用」。

這一年春夏之交，我在義大利費拉拉與達賴的政治顧問進行了一場對話。對話前一天，組織方徵求我意見時，我希望這位喇嘛先說，而且希望他多說。組織方還善意提醒我，大多數義大利人傾向達賴的主張，所以對話期間可能有人向我扔礦泉水瓶。第二天來了很多義大利人，還有幾十個中國留學生從各地趕來支援我。我讓中國留學生把前面的座位占領了，如果有礦泉水瓶飛過來，我有足夠時間躲開……後來沒有見到礦泉水瓶的飛翔。

我與達賴的政治顧問進入會場時，義大利電視臺的兩台攝像機分別對準我們兩個，我不知道他說了什麼。電視臺的記者首先問我怎麼看待中國作家和西藏喇嘛的對話？我已經熟悉這樣的提問，因為西方語境裡經常將西藏和中國並列。我明確告訴她：這不是中國作家和西藏喇嘛的對話，而是漢族作家和藏族喇嘛的對話。記者又問中國和西藏什麼的？我說我們不習慣說中國和西藏，我們習慣說北京和西藏、廣東和西藏、浙江和西藏……

需要說明的是，雖然立場不同，我對達賴的政治顧問印象不錯。他十分友好，始終微笑。主持人問他為什麼一直微笑？問他會生氣嗎？他是僧人，他說他從來不生氣，因為生氣會傷害別人，也會傷害自己。然後主持人問我平時生氣嗎？我是俗人，我說我經常生氣，生氣是個好東西，可以將糟糕的情緒排除出去，有益於心理健康。

對話開始後，這位喇嘛說了近一個小時，我通過同傳仔細聽了他的講話（他不會說中文）。涉及到西藏歷史時，他選擇性講述，也就是講對自己有利的歷史，有些其實是傳說，當然他也頌揚了文成公主。涉及到今天時，他主要講我們的媒體如何攻擊達賴喇嘛。

他講完後，我只說十分鐘，有關西藏歷史的知識背景也只能支撐我說十分鐘。我所說的三點裡面的前兩點，是他沒有說到的，可能是他故意不選擇的歷史。

第一點，我從金城公主說起。需要說明一下，我沒有說到文成公主並非認為她的歷史作用不重要，原因有二：一，歐洲歷史上各國皇室間的通婚很正常，對歐洲民眾來說並不是什麼了不起的大事，所以在歐洲的語境裡，文成公主遠嫁松贊干布和我們語境裡的不一樣。二，佛教從印度傳到中原，再從中原傳到西藏，這個已是共識；至於是不是文成公主最早帶到西藏的？西方藏學界尚存爭議。

當然，我個人認為金城公主的歷史作用比文成公主更重要。金城公主嫁到吐蕃（西藏）生活了三十年，最大的貢獻是為吐蕃和唐朝建立了甥舅宿親的關係。

而且傳說金城公主是赤松德贊的生母，赤松德贊在藏族歷史上與松贊干布、赤祖德贊並稱吐蕃三大法王。赤松德贊時期是吐蕃王朝的全盛時期，藏傳佛教的地位也是他一手扶植起來的。

第二點，說明中央政府的軍隊進入西藏不是一九五〇年代以後的事情（西方民眾普遍以為是一九五〇年代以後進入的）。我先是簡單說一下宗喀巴的宗教改革，也就是介紹了一下黃教（格魯派）。再說到明朝時期西藏的教派紛爭，當時噶瑪派勢力強大，要置格魯派於死地。格魯派在蒙古地區傳教深得人心，五世達賴和四世班禪在危難時刻密請在青海的蒙古族首領固始汗率兵入藏打敗噶瑪派。我說，假如固始汗沒有率兵入藏的話，那麼現在很可能沒有達賴，也沒有班禪。雖然忽必烈在一二七一年建立元朝，但是闊端的軍隊一二四〇年進入西藏可以視作元朝的軍隊。

第三點，我承認我們的媒體對達賴喇嘛的報導有失公正。（作為中國人我不能接受達賴變相獨立的自治建議，我也不能接受我們的媒體妖魔化達賴。想當年我們天天喊叫打倒美帝國主義，毛澤東仍然和尼克森握手了。）然後我告訴義大利聽眾，我是中國人，我對今天中國社會制度的弊病知道的比你們多，儘管如此，也比西藏過去的農奴制進步太多了。我說，一九五九年百萬農奴解放以後，西藏流行過這樣的話：達賴的太陽照耀著貴族，毛澤東的太陽照耀著奴隸。

我在費拉拉講完這些後，有幾個義大利人走過來真誠地謝謝我，說我讓他們了解到以前不知道的西藏歷史。而讓我感到驚訝的是，此前和此後在法義德三個國家接受採訪時，那些關心西藏問題，應該是見多識廣的記者，都是第一次聽說金城公主，以及西藏和唐朝的甥舅關係；也第一次聽說五世達賴和四世班禪密請蒙古族首領固始汗率兵入藏的歷史。

我心想，了解西方語境的達賴方面知道如何選擇性講述西藏，如何說得更加動聽。我們的官員在面對西藏問題時，可能只會說「西藏是中國領土不可分割的一部分，達賴是搞分裂的」這些套話。如果因為自己愚蠢了，只會去說對方如何狡猾如何壞，那麼自己就會繼續愚蠢下去。我清楚自己對西藏歷史的了解有多麼膚淺，可悲的是我們的很多官員連這樣的膚淺也沒有。如果我們的官員少喝幾瓶茅臺，多讀幾本書，那麼在涉及西藏問題時，可以少說那些套話了。

我想起二十多年前春天去西藏時，我們一行五人是從格爾木坐長途客車去拉薩。我們坐的是漢人司機的國產客車，又破又慢行駛在青藏高原上，白天熱得冒汗，晚上冷得發抖，三十個小時才到拉薩。而藏人司機的客車是從日本進口的五十鈴，看著他們的客車一輛一輛超過我們，他們二十三個小時就到拉薩了。

這麼多年來，中央政府在西藏的經濟建設，西藏的教育、衛生、文化和宗教等方面投入了多少錢？可是錢並不能夠解決所有的問題。前些日子，有西方記者打電話問我，如何看待西藏自治區政府將四代領袖像送進所有的寺廟？我回答：我反對這樣做，但是我的反對沒有用。

二〇一二年四月七日

齊格飛・藍茨的《德語課》

一九九八年夏天的時候，我與阿爾巴尼亞作家卡塔雷爾在義大利的都靈相遇，我們坐在都靈的劇場餐廳裡通過翻譯聊著，不通過翻譯吃著喝著。這時的卡塔雷爾已經僑居法國，應該是阿爾巴尼亞裔法國作家了。九十年代初，作家出版社出版過他的一部小說《亡軍的將領》，我碰巧讀過這部小說。他可能是阿爾巴尼亞當今最重要的作家，像其他流亡西方的東歐作家那樣，他曾經不能回到自己的祖國。我們見面的時候已經沒有這個問題了，只要他願意，任何時候都可以回去了。不過他告訴我，他回去的次數並不多。原因是他每次回到阿爾巴尼亞都覺得很累，他說只要他一回去，他在地拉那的家就會像個酒吧一樣熱鬧，認識和不認識的人都會去訪問他，最少的時候也會有二十多人。

因為中國和阿爾巴尼亞曾經有過「海內存知己，天涯若比鄰」的友誼，我與卡塔雷爾聊天時都顯得很興奮，我提到了霍查和謝胡，他提到了毛澤東和周恩來，這四位當年的國家領導人的名字在我們的發音裡頻繁出現。卡塔雷爾在文革時訪問過中國，他在說到毛澤東和周恩來時，是極其準確的中文發音。我們就像是兩個追星族在議論四個搖滾巨星的名字一樣興高采烈。當時一位義大利的文學批評家總想插進來和我們一起聊天，可是他沒有我們的經歷，他就進入不了我們的談話。他一會兒批評我們中國法律制度裡的死刑，想我把拉過去，我沒理他；他一會兒又提到了科索沃的問題，他激動地指責塞族人是如何迫害阿族人，他以為身為阿族的卡塔雷爾一定會跟著他激動，可是卡塔雷爾正和我一起在回憶裡激動，我們都顧不上他。

後來我們談到了文學，我們說到了德國作家齊格飛．藍茨，不知道是什麼原因說起的，可能是我們共同喜愛藍茨的小說《德語課》。這部可以被解釋為反法西斯的小說，也就可以在當時的社會主義國家出版。

卡塔雷爾說了一個他的《德語課》的故事。前面提到的《亡軍的將領》，這是卡塔雷爾的重要作品。他告訴我，他在寫完這部書的時候，無法在阿爾巴尼亞出版，他想讓這本書偷渡到西方去出版。他的方法十分美妙，就是將書藏在書裡偷渡出去。他委託朋友在印刷廠首先排版印刷出來，發行量當然只有一冊，然後他將《德語課》的封面小心撕下來，再黏貼上去，成為《亡軍的將領》的封面。就這樣德國人藍茨幫助了阿爾巴尼亞人卡塔雷爾，這部掛羊頭賣狗肉的書順利地混過了海關的檢查，去了法國和其他更多的國家，後來也來到了中國。

我說了一個我的《德語課》的故事。我第一次讀到藍茨的小說是《麵包與運動》，第二次就是這部《德語課》。那時候我在魯迅文學院，我記得當時這部書震撼了我，在一個孩子天真的敘述裡，我的閱讀卻在經歷著驚心動魄。這是一本讀過以後不願意失去它的小說，我一直沒有將它歸還給學校圖書館。這書是八十年代翻譯成中文出版的，當時的出版業還處於計畫經濟時代，絕大多數的書都是只有一版，買到就買到了，買不到就永遠沒有了。我知道如果我將《德語課》歸還的話，我可能會永遠失去它。我一直將它留在身邊，直到畢業時必須將所借圖書歸還，否則就按書價的三倍罰款。我當然選擇了罰款，我說書丟了。我將它帶回了浙江，後來我定居北京時，又把它帶回到了北京。

然後在一九九八年，一個中國人和一個阿爾巴尼亞人，在一個名叫義大利的國家裡，各自講述了和一個德國人有關的故事。這時候我覺得文學真是無限美好，它在通過閱讀被人們所銘記的時候，也在通過其他更多的方式被人們所銘記。

二〇〇四年十月二日

大仲馬的兩部巨著

要我為讀者推薦幾本書，我首先想到的是法國的大仲馬，人民文學出版社推出了插圖本的《三劍客》和《基度山恩仇記》。前者六十三萬字，定價三十元；後者一百萬字，定價四十元，價廉物美。《三劍客》和《基度山恩仇記》是大仲馬的偉大作品，我是二十來歲的時候第一次讀到它們的，也是人民文學出版社的書，當時我不吃不喝不睡，幾乎是瘋狂地讀完了這兩部巨著，然後大病初癒似的有氣無力了一個月。

這是我閱讀經典文學的入門書，去年我兒子十一歲的時候，我覺得他應該閱讀經典文學作品了，我首先為他選擇的就是《三劍客》和《基度山恩仇記》。我兒子讀完大仲馬的這兩部巨著後，滿臉驚訝地告訴我：原來還有比《哈利波特》

更好的小說。今年八月在上海時，李小林告訴我，她十歲的時候，巴金最先讓她閱讀的外國文學作品也是大仲馬的這兩部小說。

很多人對大仲馬議論紛紛，他的作品引人入勝，於是就有人把他說成了通俗小說作家。難道讓人讀不下去的作品才是文學嗎？其實大仲馬的故事是簡單的，讓讀者激動昂揚的是他敘述時的磅礡氣勢，還有他刻畫細部時的精確和迷人的張力。

柯林頓還在當美國總統時，有一次請賈西亞．馬奎斯到白宮作客，在座的作家還有富恩特斯和斯泰倫。酒足飯飽之後，柯林頓想知道在座的每位作家最喜歡的一部長篇小說是什麼？賈西亞．馬奎斯的回答是《基度山恩仇記》，為什麼？馬奎斯說《基度山恩仇記》是關於教育問題的最偉大的小說。一個幾乎沒有文化的年輕水手被打入伊夫城堡的地牢，十五年以後出來時居然懂得了物理、數學、高級金融、天文學、三種死的語言和七種活的語言。

我一直以為進入外國經典文學最好是先從大仲馬開始，閱讀的耐心是需要日積月累的，大仲馬太吸引人了，應該從他開始，然後是狄更斯他們，然後就進入了比森林還要茂密寬廣的文學世界，這時候的讀者已經有耐心去應付形形色色的閱讀了。賈西亞．馬奎斯的話讓我意識到，大仲馬的這兩部巨著不僅僅是閱讀經典文學的入門之書，也是一個讀者垂暮之年對經典文學閱讀時的閉門之書。

二〇〇五年九月七日

兩位學者的肖像

一九一〇年二月二十六日，二十一歲的高本漢搭乘瑞典東印度公司的「北京號」貨輪，與一千公斤炸藥結伴同行，經過兩個月的海上漂泊，抵達了上海，然後一路北上，在北京稍作停留以後，來到了山西太原。就這樣，這位偉大的學者在中國的戰亂和瘟疫裡，在自己的饑寒交迫裡，開始了他劃時代的研究工作——歷史音韻學和方言學。很多年以後，高本漢的學生馬悅然教授指出：在索緒爾死後發表的《普通語言學教程》前一年，高本漢的《中國音韻學研究》已經發表。

這是一位勤奮的學者，馬悅然在《我的老師高本漢：一位學者的肖像》的中文譯本的序言裡說：「通過其充沛的精力與過人的智慧，高本漢獨立地使瑞典成為世界上漢學方面具有領先地位的國家之一。高本漢的研究涉及漢學的許多方面，如方言學、語音學、歷史音韻學、語文學、考證學以及青銅器的年代學。他在學術上的著作對深入了解漢語的歷史演變有重大意義。」

從馬悅然精心編輯的高本漢作品年表來看，從一九一四年到一九七六年期間，他的專著出版和論文發表似乎應該按季節來計算，而不應該按年度計算。我看不出他什麼時候休息過？偷懶的事他肯定是一輩子都沒幹過，就像他的母親艾拉一樣，艾拉說過：「懶的長工和溫暖的床很難分開。」我擔心高本漢可能成年後就不知道床的溫暖滋味。好在他小時候知道母親懷抱的溫暖滋味，他在一九一〇年十月發自山西太原的一封信裡寫道：「我永遠不會忘記，我還是一個小不點的時候，『懶』在媽媽的懷抱裡是多麼舒服。」

馬悅然在書中寫道：「一九五四年為慶祝高本漢六十五歲生日，遠東博物館裡的人把他過去發表在博物館年刊上的文章結集後用精裝出版，高本漢激動地喊出：『真他媽的，我多麼勤奮哪！』」

如此勤奮的老師必然會帶出勤奮的學生，一九九七年我們一行人在斯德哥爾摩參觀瑞典學院圖書館時，圖書館工作人員事先將馬悅然的專著和翻譯作品堆滿了一張很大的桌子，就在我們感到驚訝時，工作人員告訴我們：還有一些馬悅然的作品沒有放上去。當時站在一旁的馬悅然不好意思地微笑著，令我印象深刻。

高本漢、馬伯樂、伯希和這一代漢學家艱苦的學習經歷，是今天學習中文的西方學生難以想像的，後來的馬悅然這一代學者也是同樣如此。馬悅然在正式學習漢語之前，在準備拉丁文考試時，為了消遣，閱讀了英文、德文和法文版的《道德經》，他驚訝三種譯文的差距如此之大，便斗膽去請教高本漢，歪打正著地成為了高本漢的學生。馬悅然沒有回到烏普薩拉，他留在了斯德哥爾摩，最初的幾週裡他「在中央火車站大廳長椅上、在公園裡和四路環行電車上度過很多夜晚，甚至在斯圖列廣場，那裡有適合人躺著的長椅子」。馬悅然寫道：「這些困難絲毫沒有降低我得以在高本漢指導下學習中文的興趣。」

二〇〇七年八月，我們開車從斯德哥爾摩前往烏普薩拉的路上，馬悅然回首往事，講述了高本漢第一次正式給他們上課時，拿出來的課文是《左傳》。我聽後吃了一驚，想像著高本漢如何在課堂上面對幾個對中文一竅不通的學生朗讀和講解《左傳》。馬悅然最早對中文的理解，就是發現中文是單音節的，他用手指在桌子上單音節地敲打來記住中文句子的長度。我在想，馬悅然為何有很長一段時間沉醉於四川方言的研究？可能與此有關，是中文全然不同於西方語言的發音引導著他進入了漢語，然後又讓他進入了博大精深的中國文化。

也是二〇〇七年，我在中國的報紙上讀到馬悅然的學生羅多弼教授接受採訪的片段。羅多弼是在一九六〇年代，也就是文革時期跟隨馬悅然學習漢學，當時瑞典的大學生裡也有不少左翼分子，羅多弼和他的同學們要求馬悅然停止原來的中文課程，改用《毛澤東選集》和《紅旗》雜誌上課。

一九七〇年代，西方的留學生來到中國之前，開始接受簡單的中文教育，教材是中國政府提供的，都是「我的爸爸是解放軍」，「我的媽媽是護士」之類的。他們來到中國，和當時的工農兵大學生接受同樣的教育。當中國的工農兵大學生問他們的爸爸和媽媽是做什麼工作時，幾乎所有的西方留學生都是這樣回答：「爸爸是解放軍，媽媽是護士。」因為除了「解放軍」和「護士」之外，他們不知道其他職業的中文應該怎麼說。

到了一九八〇年代，文革結束了，改革開放開始了，留學生一到中國就學會了「下海」，「市場經濟」這樣的漢語詞彙。一九九〇年代以後，我遇到過一個美國女學生，到北京才幾天時間，就會說：「男人不壞，女人不愛。」……

我覺得，漢學家的歷史，或者說學習漢語的歷史，其實也折射出了中國的歷史。這是從一個奇妙的角度出發，濃縮了中國社會的動盪和變遷。

因此，當我收到馬悅然所著的《我的老師高本漢：一位學者的肖像》時，我知道自己將要閱讀的是漢學史的起源。這本書伴隨了我今年五月至六月的歐洲七國之行，又伴隨了我七月的三次中國南方之行。每次住進一家旅館時，我打開箱子後的第一個動作就是將這本書拿出來放在床頭。

這是漫長的閱讀，也是密集活動和旅行疲勞裡的短暫享受。閱讀這本書是愉快和受益匪淺的經歷，可是評論這本書不是一件容易的事。因為馬悅然在《我的老師高本漢：一位學者的肖像》一書中，將人物傳記、歷史學、社會學、人類學、語言學、文學敘述和漢學研究熔於一爐。

在這本書中，我們隨時可以讀到馬悅然對老師高本漢由衷的尊敬之情，然而對老師的愛戴並不影響馬悅然客觀的敘述。馬悅然在序言裡引用了威爾斯的話：

「一個人的傳記應該由一個誠實的敵人來寫。」其後他自己寫道：「我猜想，這句話的用意在於提醒那些傳記作家，切記不要過多地美化他們描寫的對象。我在寫作時，把這句話牢記心中。」

確實如此，當一場戰爭阻止了高本漢強大的學術競爭對手，法國漢學家伯希和進入與高本漢相同的研究領域時，高本漢當時幸災樂禍的心情在馬悅然的筆下栩栩如生。還有高本漢年輕時的狂妄和功成名就後的驕傲，馬悅然也是淋漓盡致地表達了出來。當然，我要說明一下，馬悅然在這裡是用一種欣賞的筆調來表達高本漢如何從狂妄走向驕傲的。有趣的是，在馬悅然筆下，年輕時的高本漢雖然狂妄，卻仍然有著和現實妥協的本領。高本漢高中時當選為「母語之友」協會的主席，該協會每年的迎春會都要演出一部話劇，當協會的多數理事提議演出斯特林堡的作品時，立刻遭到高本漢的反對，他的理由是斯特林堡「在廣大公眾中的形象不佳，在選擇劇碼的時候應該考慮觀看演出的公眾」。

這本書是從一篇優美的散文開始的，是高本漢十三歲的時候描寫自己家鄉延雪平的一篇作文。高本漢的文學才華在此初露端倪，差不多四十年以後高本漢用克拉斯·古爾曼的筆名發表了三部長篇小說，多數評論家給予了讚揚。馬悅然用順敘的方式講述了高本漢的故事，同時又不失時機地將中國的動盪和歐洲的變遷盡收眼底，還有音韻學、文字學、語言學、語音學等等十分專業的研究，也是水到渠成地書寫了出來。

我的閱讀時快時慢。最快的部分來自高本漢的成長故事和他家人的性格描寫，我喜歡高本漢的兄弟姊妹，更喜歡高本漢的母親艾拉，這位一生勤勞的女性十分風趣，她說自己「只有到永遠不做彌撒，豬該剪毛時才肯休息」，而且每個孩子都會從艾拉那裡獲得一個美好的外號，比如高本漢是艾拉的「我的帥哥」。艾拉的幽默裡時常是尖酸刻薄，她說：「你向一隻手發願，向另一隻手啐唾沫，你看哪一隻手最行！」還有，「有時候魔鬼該殺也得殺。」高本漢在一九一五年一月二十四日寫給未婚妻茵娜的信中，尖刻和幽默地提到了他在學術上的勁敵伯希和，他在信中說：「我今天本來想給沙畹寫信，問一問伯希和是否還活著。他肯定還活著，壞人長壽。再說了，打死這麼能幹的一個人也不光彩。」

馬悅然在書中寫道：「我們有理由相信，高本漢戲劇性幽默和有時尖刻的語言可能是來自母親的遺傳。」

二十多年前，我第一次閱讀斯特林堡的作品時，被他尖刻的幽默深深吸引。此後心裡十分好奇，因為瑞典人在我心目中曾經是穩重和保守的形象，斯特林堡的作品改變了我的這個看法。現在我讀完《我的老師高本漢：一位學者的肖像》以後，相信尖刻的幽默是瑞典人性格的重要內容，因為我在這本書中讀到了這樣的句子：「你是如此的愚蠢，就像上帝是那麼的聰明。」

最慢的閱讀部分來自這本書的第八章〈他使遙不可及的語言變得近在咫尺〉。雖然馬悅然使用了散文一樣的親切筆調，深入淺出地展示了高本漢的學術成就，可是沒有經過相關專業訓練的我，閱讀起來仍然感到吃力。我在閱讀這一章所花去的時間，超過對其他所有章節的閱讀時間。

馬悅然從漢字的結構開始，經過了漢語的語音系統、古代漢語的音韻學結構等，論述了高本漢構擬和訓釋方面傑出的研究工作。最後講述了高本漢如何讓拉丁字母東進，在一九二八年的倫敦中國學會上作報告《漢語的拉丁字母》。高本漢在這一年「認為中國必須創造西方文字的拼寫方法，以便創造一種基於口語的新文學」。

在這個問題上，馬悅然客觀地讚揚了高本漢的老朋友，美國柏克萊大學的趙元任教授。馬悅然說：「由趙元任等創造並遵循高本漢討論的原則的那套標音系統國語拉丁字母系統不為高本漢所接受，理由是『離真實的讀音相去甚遠』。」馬悅然繼續說：「高本漢似乎沒有發現趙元任拉丁字母系統的最大優越性。主要由兩個或兩個以上的音節組成的現代普通話的詞借助拉丁字母拼音系統很容易聯寫：huoochejann（火車站），tzyhyoushyhchaang（自由市場）。」

就像在閱讀全書時可以感受到馬悅然的博學多才一樣，閱讀本書第八章的專業敘述段落時，可以充分領教馬悅然深厚的學術功底。這一章的閱讀給予我這樣的暗示：馬悅然是以自己的學術研究來闡釋高本漢的學術研究。

事實上，這樣的暗示一直貫穿著我對這本書的閱讀，當敘述來到高本漢豐富的人生經歷時，我也同樣感受到了馬悅然的豐富人生經歷。我在讀到這些段落的時候，眼前總是浮現出馬悅然的形象，他喝著威士忌，興致勃勃地講述自己那些引人入勝的故事，講到關鍵處常常戛然而止，舉起空酒杯，用四川話說道：「沒得酒得。」

為什麼我要將馬悅然所著的《我的老師高本漢：一位學者的肖像》的副標題借用過來，改成《兩位學者的肖像》作為此文的題目？這是因為我在閱讀陌生的高本漢時，常常感受到熟悉的馬悅然。基於這樣的理由，我相信任何一個文本的後面都存在著一個潛文本。

二〇〇九年八月八日

羅伯特・凡德・休斯特在中國摁下的快門

記得二〇〇九年六月初的一天，法蘭克福陽光明媚，德國電視一台（ARD）的攝製組拉著我到處走動，讓我一邊行走一邊面對鏡頭侃侃而談。他們首先把我拉到了法蘭克福著名的紅燈區，妖豔的霓虹燈在白天裡仍然閃爍著色情的光芒，他們試圖讓我站立在某個曖昧的門口接受採訪，馬上有人從裡面走出來驅趕我們，嘗試了幾次又被驅趕了幾次以後，我只好站到了車來車往的十字路口回答他們的第一個提問。然後又被他們帶到了幾處又髒又亂的地方，或站或坐地繼續接受採訪。我的德國翻譯跟在後面，一路上都在用中文發出不滿的嘟噥聲，他說法蘭克福有很多美麗的地方，為什麼不去那裡？為什麼盡是在法蘭克福落後的地方拍攝？

現在，羅伯特・凡德・休斯特的《中國人家》在中國出版了。我想，可能也會有一些中國人發出不滿的嘟噥聲。中國經歷了三十年的經濟高速增長，已經成為世界第三大經濟國，繁榮的景象隨處可見，可是羅伯特．凡德．休斯特卻熱衷於在中國的落後地區摁下快門，雖然他的鏡頭也有過對準富裕人家的時候，可是次數太少了。因此一些中國人可能會覺得，羅伯特．凡德．休斯特沒有足夠地表達出中國三十年來翻天覆地的變化，雖然他的作品裡已經流露出了這樣的變化，問題是在為數不多的表達了生活富裕的畫面上，羅伯特．凡德．休斯特卻讓它們盡情散發出庸俗的氣息。反而是在那些表達生活貧困的畫面上，羅伯特．凡德．休斯特拍攝下了真誠和樸素的情感。於是，一些中國人可能會感到疑惑，這個荷蘭人的葫蘆裡賣的什麼藥？

我想，這樣的批評者往往以愛國主義自居。無論是在中國，還是在其他國家，愛國主義常常是用來批評藝術和藝術家的最好藉口。我不認為這是真正的愛國主義，這只是一種口水的愛國主義，或者說愛國病，在其骨子裡其實展示了人類的虛榮之心。雖然我們的現實生活裡存在著廢墟，可是我們願意展示的卻是美麗的公園。

就像人們獨自在家中的時候可以是一副邋遢的模樣，可是走出家門的時候就要梳妝打扮一番。人人都想擁有一個光鮮體面的外表，除非窮途潦倒成為了乞丐。如果讓人選擇，是以邋遢的模樣面對照相機，還是以體面的模樣面對照相機時，我相信所有的人都會選擇體面的模樣。我和羅伯特·凡德·休斯特也不會例外，因為虛榮之心人皆有之。

當然，這也是每個人的尊嚴。問題是人們對尊嚴的理解不盡相同，有些人認為富貴和繁榮代表了尊嚴，高樓大廈鱗次櫛比、高速公路縱橫交錯、商店裡奢侈品琳琅滿目等等的景象代表了尊嚴。另外一些人卻並不這麼認為，這些人認為尊嚴來自於人們的內心，表達於人們的表情，尊嚴和富貴繁榮沒有必然的關係。

我之所以樂意為羅伯特·凡德·休斯特的《中國人家》寫序，就是因為我在他的攝影作品裡看到了從內心出發，抵達表情的尊嚴。

羅伯特·凡德·休斯特精心設計了他需要的畫面，然後摁下了快門。我感到，他在摁下快門的時候，心裡充滿了對被拍攝者的尊重，無論是人物，還是景物，羅伯特·凡德·休斯特都以感激之情對待。

這位不會說中國話的荷蘭人，日復一日地遊走在中國的農村，試圖融入到一個又一個中國的家庭之中。他是如何跨過這條文化鴻溝的？他說：「用眼神、用情感、用我的感受來交流。」

然後他成功了。他的尊重之心在那些貧窮的中國家庭那裡得到了回報，他們熱情地為他敞開了屋門，將他請入家中，用粗茶淡飯招待他。羅伯特・凡德・休斯特說：「我被攝入鏡頭的中國家庭體現的強烈好奇心、極大的熱忱和友善所感動。每次在他們家裡，我還會感受到他們的決心、勇氣和意志力量。看來他們只有一個行進的方向，那就是前進。」

如果有人質問羅伯特・凡德・休斯特：為何不是更多地去拍攝中國的富貴家庭？我願意在此替他回答：那些億萬富翁的家門會向這個高個子灰頭髮的荷蘭人敞開嗎？中國人一直在說，中華民族是一個熱情好客的民族。具有諷刺意義的是，羅伯特・凡德・休斯特的作品告訴我們，熱情好客的民族傳統現在更多地存在於中國的貧窮家庭，而不是富貴家庭。

而且，這個荷蘭人的鏡頭在面對中國的窮人時，時刻感受到了「他們的決心、勇氣和意志力量」。他們雖然貧窮，可是「他們只有一個行進的方向，那就是前進」。

我欣賞羅伯特・凡德・休斯特作品的客觀性，《中國人家》將會令人難忘。裡面的畫面真實地表達了中國人的生存狀態，我記得在一幅畫面上，一個目光堅定的頭像，其背景的桌子上擺著四個鬧鐘。我想藉此提醒人們，在中國三十年翻天覆地的變化之後，還有很多中國人的生活，只是從一個鬧鐘到四個鬧鐘的進步。

二〇一〇年三月三日

一個作家的力量

我很欣賞美國筆會在授予《等待》二〇〇〇年福克納小說獎時，對哈金的讚譽：「在疏離的後現代時期，仍然堅持寫實派路線的偉大作家之一。」

二〇〇三年初春的時候，我在北京國林風書店買到了《等待》，然後又見了幾個朋友，回家時已是深夜，我翻開了這部著名的小說，打算讀上一兩頁，了解一下哈金的敘述風格就睡覺。沒想到我一口氣讀完了這部書，當我翻過最後一頁時已經是晨光初現，然後我陷入到冥思苦想之中。我驚訝哈金推土機似的敘述方式，笨拙並且轟然作響。哈金的寫作是一步一個腳印，每一段敘述都是扎扎實實。在他的小說裡，我們讀不到那些聰明作家慣用的迴避和跳躍，這種無力的寫作至今風行，被推崇為寫作的靈氣。做為同行，我知道迎面而上的寫作是最困難的，也是最需要力量和勇氣的。有位古羅馬時期的哲學家說，最優秀的學者不是最聰明的人；哈金一步一個腳印的寫作證明了同樣的道理，最優秀的作家不是最聰明的人。

這個一九五六年出生的中國人，當過兵，念過大學，二十九歲時漂洋過海去了美國，獲得博士學位，任教於美國的大學，這是那個時代很多年輕中國學子選擇的康莊大道。可是用英語寫作，哈金奇特的人生之路開始了。畢竟哈金去美國時不是一個孩子，已經是一個成年人了，一個帶著深深的中國現實和中國歷史烙印的成年人，用異國他鄉的語言來表達自己故鄉的悲喜交集，這不是一件容易的事。可是哈金做到了，他每一部英語小說都要修改二十多遍，有的甚至修改四十多遍，這樣的修改並不是針對人物和故事細節上的把握，而是針對英語用詞的分寸把握。美國是一個很多方面十分規矩的國家，作為著名的波士頓大學英語文學寫作的教授，哈金不能向他的同事請教用詞，更不能向他的學生請教，哈金的太太是一位地道的中國人，她的英語表達能力遠不如哈金，哈金在用英語寫作時可以說是舉目無親，只能自己苦苦摸索。我可以想像這樣的困難，尤其是剛開始使用英語寫作時的困難，幾十次地去辨認那些沒有十足把握的詞彙簡直要命，哈金沒有因此進入瘋人院已經是一個奇蹟了，竟然還能讓他始終保持強大的寫作力。或許正是強大的寫作力在酬謝哈金的寫作毅力的同時，也讓他大腦裡的方向盤沒有出現故障。

就是這樣一位作家，寫出來的英文讓一些純種美國人都讚歎不已（幾年前，普林斯頓大學的林培瑞教授告訴我，哈金說英文時還有一些中國人的腔調，可是寫出來的英文十分地道十分出色）。而我，一個中國人，讀到自己同胞的小說時，卻是一部翻譯小說。可是這部名叫《等待》的翻譯小說，讓我如此接近中國的歷史和現實，近到幾乎黏貼在一起了。很多生於中國，長於中國，甚至從未離開過中國的作家寫出來的小說，為什麼總讓我覺得遠離中國的歷史和中國的現實？當我讀到了太多隔靴搔癢的中國故事之後，遠離中國的哈金卻讓我讀到了切膚之痛的中國故事。

我想這就是一個作家的力量，無論他身在何處，他的寫作永遠從根部開始。哈金小說所敘述的就是中國歷史和現實的根部，那些緊緊抓住泥土的有力的根，當它們隆出地面時讓我們看到了密集而又蒼老的關節，這些老驥伏櫪的關節講述的就是生存的力量。

《等待》之後，我讀了哈金的《瘋狂》、《新郎》、《池塘》、《好兵》和《戰廢品》；〇九年我在美國旅行途中讀完了他的《自由生活》；去年一口氣讀完了他的新作《南京安魂曲》。有趣的是，除了《等待》和《南京安魂曲》，哈金其他的小說我閱讀的都是臺灣出版的中文繁體字版，現在繼《南京安魂曲》在大陸出版後，哈金的另外四部小說《等待》、《新郎》、《池塘》和《好兵》也將在大陸出版，終於等來中文簡體字版了。雖然《瘋狂》、《戰廢品》和《自由生活》的暫時缺席讓人遺憾，這也是第一次在中國大陸開始展示哈金的敘述之路了。這位美國的少數民族作家，在享譽國際文壇之後，以這樣的帶有缺憾的方式回來，仍然令人欣喜。在我眼中，哈金永遠是一位中國作家，因為他寫下了地道的和有力的中國故事，雖然他使用了我所不懂的語言。

我難忘第一次在波士頓見到哈金的情景，那天晚上大雨磅礡，哈金帶著我們一家三口在哈佛廣場尋找酒吧，所有的酒吧都拒絕我當時只有十歲的兒子進入，最後四個人在大雨中灰溜溜地來到了旅館，在房間裡開始了我們的長談。那是二〇〇三年十一月的某一天。

我們的安魂曲

我只用一個夜晚讀完了哈金的新作《南京安魂曲》，我不知道需要多少個夜晚還有白天才能抹去這部作品帶給我的傷痛。我知道時間可以修改我們的記憶和情感，文學就是這樣歷久彌新。當我在多年之後找回這些感受時，傷痛可能已經成為隱隱作痛，那種來自記憶深處的疼痛。身體的傷疤可以癒合，記憶的隱隱作痛卻是源遠流長。

我想，哈金在寫作《南京安魂曲》時，可能一直沉溺在記憶的隱隱作痛裡。他的敘述是如此的平靜，平靜的讓人沒有注意到敘述的存在，可是帶給讀者的閱讀衝擊卻是如此強烈。我相信這些強烈的衝擊將會在時間的長河裡逐漸風平浪靜，讀者在此後的歲月裡回味《南京安魂曲》時，就會與作者一起感受記憶的隱隱作痛。

這正是哈金想要表達的，讓我們面對歷史的創傷，在追思和慰靈的小路上無聲地行走。在這個意義上說，哈金寫下了他自己的安魂曲，也寫下了我們共同的安魂曲。

哈金早已是享譽世界的作家了。他出生於遼寧，在文革中長大，當過兵，一九八一年畢業於黑龍江大學，一九八四年獲得山東大學北美文學碩士學位，一九八五年留學美國，他是改革開放後最早的出國留學生。這一代留學生拿著為數不多的獎學金，一邊學習一邊打工餬口，還要從牙縫裡省下錢來寄回國內。哈金可能更加艱苦，因為他學習打工之餘還要寫作，而且是用英語寫作。他對待寫作精益求精，一部小說會修改四十多次，這部《南京安魂曲》也修改了這麼多次。

我拿到這部書稿時，《南京安魂曲》的書名直截了當地告訴我：這是一部關於南京大屠殺的作品。我心想，哈金又在啃別人啃不動的題材了。雖然我已經熟悉他的寫作，雖然我在他此前的小說裡已經領略了他駕馭宏大題材的能力，我仍然滿懷敬意。

南京大屠殺是中國現代史上無法癒合的創傷。侵華日軍於一九三七年十二月十三日攻陷當時的首都南京，在南京城區及郊區對平民和戰俘進行的長達六個星期的大規模屠殺、搶掠、強姦等戰爭罪行。在大屠殺中有三十萬以上中國平民和戰俘被日軍殺害，南京城的三分之一被日軍縱火燒毀。

在這簡單的詞彙和數字的背後，有著巨浪滔天似的鮮血和淚水，多少淒慘哀號，多少生離死別，多少活生生的個體在毀滅、恥辱、痛苦和恐懼裡沉浮，彷彿是紛紛揚揚的雪花那樣數不勝數，每一片雪花都是一個悲劇。要將如此宏大而又慘烈的悲劇敘述出來，是一次艱鉅的寫作。而且對於文學來說，光有宏大場景是遠遠不夠的，還要敘述出這樣的場景裡那些個體的紛繁複雜。哈金一如既往的出色，他在看似龐雜無序的事件和人物裡，為我們開闢出了一條清晰的敘述之路，同時又寫出了悲劇面前的眾生萬象和複雜人性。

《南京安魂曲》有著紀錄片般的真實感，怵目驚心的場景和苦難中的人生紛至遝來。哈金的敘述也像紀錄片的鏡頭一樣誠實可靠，這是他一貫的風格。他的寫作從來不會借助花梢的形式來掩飾什麼，他的寫作常常樸實的不像是寫作，所以他的作品總是具有了特別的力量。

金陵女子學院是哈金敘述的支點，一所美國人辦的學校，在南京被日軍攻陷之後成為難民救濟所。成千上萬的婦女兒童和少數成年男子在這裡開始了噩夢般的經歷，日軍在南京城的強姦殺戮也在這裡展開，而中國難民之間的友情和猜忌、互助和衝突也同時展開。這就是哈金，他的故事總是在單純裡展現出複雜。《南京安魂曲》有著慘不忍睹的情景，也有溫暖感人的細節；有友愛、信任和正義之舉，也有自私、中傷和嫉妒之情……在巨大的悲劇面前，人性的光輝和人性的醜陋都在不斷放大，有時候會在同一個人身上放大。

這部作品的宏大遠遠超出它所擁有的篇幅，想要在此做出簡要的介紹是不可能的，也許可以簡要地介紹一下作品中的人物，那也是捉襟見肘的工作。

明妮·魏德林，作為戰時金陵女子學院的臨時負責人，是故事的主角，這是一位無私的女性，她勇敢而執著，竭盡全力與日軍抗爭，努力保護所有的難民，可是最後遭受了妒忌和誹謗。故事的講述者安玲，她的兒子戰前去日本留學，娶了一位善良的日本女子，戰爭期間被迫入伍來到中國，作為日軍戰地醫院的醫生，這位反戰的正直青年最後被游擊隊以漢奸處死。安玲在戰後出席東京審判時與自己的日本兒媳和孫子相見不敢相認的情景令人感傷。

而感傷之後是感嘆：人世間的可怕不只是種種令人髮指的暴行，還有命運的無情冷酷，而命運不是上帝的安排，是人和人之間製造出來的。

二〇一一年八月二十六日

伊恩・麥克尤恩後遺症

我第一次聽到伊恩・麥克尤恩的名字是在十多年前，好像在德國，也可能在法國或者義大利，人們在談論這位生機勃勃的英國作家時，表情和語氣裡洋溢著尊敬，彷彿是在談論某位步履蹣跚的經典作家。那時候我三十多歲，麥克尤恩也就是四十多歲，還不到五十。我心想這傢伙是誰呀？這個年紀就享受起了祖父級的榮耀。

然後開始在中國的媒體上零星地看到有關他的報導：「伊恩・麥克尤恩出版了新書」、「伊恩・麥克尤恩見到了他失散多年的兄弟」、「伊恩・麥克尤恩的《贖罪》改編成了電影」……這幾年中國的出版界興致盎然地推出了伊恩・麥克尤恩的著名小說，《水泥花園》、《阿姆斯特丹》、《時間中的孩子》和《贖罪》。可是中國的文學界和讀者們以奇怪的沉默迎接了這位文學巨人。我不知道問題出在什麼地方？也許麥克尤恩需要更多的時間來讓中國讀者了解他。現在麥克尤恩的第一部書《最初的愛情，最後的儀式》正式出版，我想他的小說在中國的命運可以趁機輪迴了。從頭開始，再來一次。

這是一部由八個短篇小說組成的書，在麥克尤恩二十七歲的時候首次出版。根據介紹，這部書在英國出版後引起巨大轟動。可以想像當初英國的讀者是如何驚愕，時隔三十多年之後，我，一個遙遠的中國讀者，在閱讀了這些故事之後仍然驚愕。麥克尤恩的這些短篇小說猶如鋒利的刀片，閱讀的過程就像是撫摸刀刃的過程，而且是用神經和情感去撫摸，然後發現自己的神經和情感上留下了永久的劃痕。我曾經用一種醫學的標準來衡量一個作家是否傑出？那就是在閱讀了這個作家的作品之後，是否留下了閱讀後遺症？回想起十多年前第一次聽到麥克尤恩名字時的情景，我明白了當初坐在我身邊的這些人都是「伊恩．麥克尤恩後遺症」患者。

我感到這八個獨立的故事之間存在著一份關於敘述的內部協議，於是《最初的愛情，最後的儀式》一書更像是一首完整的組曲，一首擁有八個樂章的組曲。就像麥克尤恩自己所說的：「這些故事的主人公很多都是邊緣人，孤獨不合群的人，怪人，他們都是和我有相似之處。我想，他們是對我在社會上的孤獨感，和對社會的無知感，深刻的無知感的一種戲劇化表達。」然後麥克尤恩在〈立體幾何〉凝聚了神奇和智慧，當然也凝聚了生活的煩躁，而且煩躁是那麼的生機勃勃；讓〈家庭製造〉粗俗不堪，讓這個亂倫的故事擁有了怵目驚心的天真；〈夏日裡的最後一天〉可能是這本書中最為溫暖的故事，可是故事結束以後，憂傷的情緒從此細水長流；〈舞臺上的柯克爾〉的敘述誇張風趣，指桑罵槐。麥克尤恩讓一群赤裸的男女在舞臺上表演性交，還有一個人物是導演，導演要求小夥子們在表演前先自己手淫，導演說：「如果給我見到勃起，就滾蛋，這可是一場體面的演出。」〈蝴蝶〉裡男孩的犯罪心理和情感過程冷靜的令人心碎；〈與櫥中人對話〉看似荒誕，其實講述的是我們人人皆有的悲哀，如同故事結尾時所表達的一樣，我們人人都會在心裡突然升起回到一歲的願望；〈最初的愛情，最後的儀式〉是沒有愛情的愛情，沒有儀式的儀式，還有隨波逐流的時光。麥克尤恩給這些無所事事的時光塗上夕陽的餘暉，有些溫暖，也有些失落；〈偽裝〉是在品嘗畸形成長的人生，可是正常人生的感受在這裡俯拾即是。

這就是伊恩·麥克尤恩，他的敘述似乎永遠行走在邊界上，那些分隔了希望和失望、恐怖和安慰、寒冷和溫暖、荒誕和逼真、暴力和柔弱、理智和情感等等的邊界上，然後他的敘述兩者皆有。就像國王擁有幅員遼闊的疆土一樣，麥克尤恩的邊界敘述讓他擁有了廣袤的生活感受，他在寫下希望的時候也寫下了失望，寫下恐怖的時候也寫下了安慰，寫下寒冷的時候也寫下了溫暖，寫下荒誕的時候也寫下了逼真，寫下暴力的時候也寫下了柔弱，寫下理智冷靜的時候也寫下了情感衝動。

麥克尤恩在寫作這些故事的時候，正在經歷他的年輕時光。二十二歲從蘇塞克斯大學畢業後，去了東安格利亞大學的寫作研究生班，開始學寫短篇小說。第一個短篇小說發表後，立刻用稿費去阿富汗遊玩。多年之後麥克尤恩接受採訪，回顧了寫作這些短篇小說時所處的境況：「我二十出頭，正在尋找自己的聲音。」當時他反感英國文學傳統裡社會檔案式的寫作，他想表達一種個人生存的翻版，他說：「早期的那些小故事都是倒影我自己生存的一種夢境。雖然只有很少的自傳性內容，但它們的構造就像夢境一樣反映了我的生存。」麥克尤恩二十一歲開始讀卡夫卡、佛洛德和湯瑪斯·曼，並且感到「他們似乎打開了某種自由空間」。然後「我試寫各種短篇小說，就像試穿不同的衣服。短篇小說形式成了我的寫作百衲衣，這對一個起步階段的作者來說很有用」。麥克尤恩毫不掩飾其他作家對自己的影響，他說：「你可以花五到六個星期模仿一下菲利普·羅斯，如果結果並不是很糟糕，那麼你就知道接下來還可以扮扮納博科夫。」而且還努力為自己當時寫下的每一個短篇小說尋找源頭，「比方說，〈家庭製造〉，是我在讀過《北迴歸線》之後寫的一個輕鬆滑稽的故事。我感謝亨利·米勒，並同時用一種滑稽的做愛故事取笑了他一把。這個故事也借用了一點羅斯的《波特諾伊的怨訴》。〈偽裝〉則效法了一點安格斯·威爾遜的《山莓果醬》。我不記得每篇故事的淵源，但我肯定巡視了別人的領地，夾帶回來一點什麼，藉此開始創作屬於我自己的東西。」

我在很多年前的一篇文章裡，專門討論了作家之間的相互影響，我用過這樣一個比喻：一個作家的寫作影響另一個作家的寫作，如同陽光影響了植物的生長，重要的是植物在接受陽光照耀而生長的時候，並不是以陽光的方式在生長，而始終是以植物自己的方式在生長。我的意思是說，文學中的影響只會讓一個作家愈來愈像他自己，而不會像其他任何人。

麥克尤恩的寫作經歷同樣證明了這個道理。〈立體幾何〉裡關於神奇的敘述與生動的生活場景合二為一，可以讓我們聯想到納博科夫的某些段落；〈夏日裡的最後一天〉和〈最初的愛情，最後的儀式〉會讓我們聯想到湯瑪斯・曼的敘述風格，從容不迫，並且深入人心；〈與櫥中人對話〉和〈偽裝〉或許與卡夫卡的那些奇怪的人生故事異曲同工；〈舞臺上的柯克爾〉似乎是與荒誕派話劇雜交而成的；〈蝴蝶〉裡的少年犯罪心理曾經是戈爾丁的拿手好戲，可是到了麥克尤恩筆下也是毫不示弱。

我想每一個讀者都可以從自己的閱讀經歷出發，為麥克尤恩的這些故事找到另外的文學源頭，找到麥克尤恩未曾閱讀甚至是未曾聽聞的文學源頭。而且同樣可以輕而易舉地為卡夫卡、湯瑪斯・曼、菲利普・羅斯、亨利・米勒、安格斯・威爾遜、納博科夫、戈爾丁他們找到文學源頭。為什麼？很簡單，因為這就是文學。

我喜歡引用這樣兩個例子，兩個都是笑話。第一個是法國人嘲笑比利時人的笑話：有一個卡車司機滿載著貨物行駛在比利時的土地上，由於貨物堆得太高，無法通過一個城門，就在司機發愁的時候，當地的比利時人自作聰明地向司機建議，將卡車的四個輪子取下來，降低高度後就可以經過城門。第二個來自中國古代的笑話：有一個人拿著一根很長的竹竿要過城門，他將竹竿豎起來過不去，橫過來也過不去，這人不知所措之時，一位白髮白鬚的老人走過來，稱自己雖然不是聖人，也是見多識廣，他建議將竹竿從中間鋸斷，就可以通過城門了。

這兩個笑話究竟是誰影響了誰？這樣的考證顯然是沒有意義的，也是沒有結果的。我舉出這樣兩個例子是為了說明，各民族的精神歷史和現實生活存在著太多的相似性，而文學所要表達的就是這樣的相似性。如同殊途同歸，偉大的作家都以自己獨特的姿態走上了自己獨特的文學道路，然後匯集到了愛與恨、生與死、戰爭與和平等等這些人類共同的主題之上。所以文學的存在不是為了讓人們彼此陌生，而是為了讓人們相互熟悉。我曾經說過，如果文學裡真的存在某些神祕的力量，那就是讓讀者在屬於不同時代、不同民族和不同文化的作品裡，讀到屬於他們自己的感受，就像在屬於別人的鏡子裡也能看清楚自己的形象一樣。

我相信麥克尤恩在閱讀了納博科夫、亨利·米勒和菲利普·羅斯等人的作品之後，肯定是在別人的鏡子裡看清楚了自己的形象，然後寫下了地道的伊恩·麥克尤恩的作品。這傢伙二十多歲就找到了自己的聲音，讀一讀《最初的愛情，最後的儀式》這本書，就可以看到一個天才是如何誕生的。

麥克尤恩在這些初出茅廬的故事裡，輕而易舉地顯示出了獨特的才能，他的敘述有時候極其鋒利，有時候又是極其溫和；有時候極其優雅，有時候又是極其粗俗；有時候極其強壯，有時候又是極其柔弱……這傢伙在敘述的時候，要什麼有什麼，而且恰到好處。與此同時，麥克尤恩又通過自己獨特的文學，展示出了普遍的文學，或者說是讓古已有之的情感和源遠流長的思想在自己的作品中得到繼續。什麼是文學天才？那就是讓讀者在閱讀自己的作品時，從獨特出發，抵達普遍。麥克尤恩就是這樣，閱讀他作品的時候，可以讓讀者去感受很多不同作者的作品，然後落葉歸根，最終讓讀者不斷地發現自己。我曾經說過，文學就像是道路一樣，兩端都是方向。人們的閱讀之旅在經過伊恩・麥克尤恩之後，來到了納博科夫、亨利・米勒和菲利普・羅斯等人的車站；反過來，經過了納博科夫、亨利・米勒和菲利普・羅斯等人，同樣也能抵達伊恩・麥克尤恩的車站。這就是為什麼伊恩・麥克尤恩的敘述會讓我們的閱讀百感交集。

我的意思是說，當讀者們開始為麥克尤恩的作品尋找文學源頭的時候，其實也是在為自己的人生感受和現實處境尋找一幅又一幅的自畫像。讀者的好奇心促使他們在閱讀一部文學作品的時候，喚醒自己過去閱讀裡所有相似的感受，然後又讓自己與此相似的人生感受粉墨登場，如此周而復始的聯想和聯想之後的激動，就會讓兒歌般的單純閱讀變成了交響樂般的豐富閱讀。

什麼是伊恩·麥克尤恩後遺症？這就是。

二〇〇八年四月五日

我的阿爾維德・法爾克式的生活

我最早讀到的斯特林堡作品，是他的《紅房間》，張道文先生翻譯的中文版。那是一九八三年和一九八四年之間，二十多年過去了，有關《紅房間》的閱讀記憶雖然遙遠，可是仍然清晰。斯特林堡對人物和場景的誇張描寫令我吃驚，他是用誇張的方式將筆觸深入到社會和人的骨髓之中。有些作家的敘述一旦誇張就會不著邊際，斯特林堡的誇張讓他的敘述變得更加鋒利，直刺要害之處。從此以後，我知道了有一位偉大的作家名叫斯特林堡。

當時我正在經歷著和《紅房間》裡某些描寫類似的生活，阿爾維德・法爾克拿著他的詩稿小心翼翼地去拜訪出版界巨人史密斯，很像我在一九八三年十一月跳上火車去北京為一家文學刊物改稿的情景，我和法爾克一樣膽戰心驚。不同的是，史密斯是一個獨斷專行的惡棍，而北京的文學刊物的主編是一位和善的好人。史密斯對法爾克的詩稿不屑一顧，一把拿過來壓在屁股底下就不管了，強行要求法爾克去寫他布置的選題，法爾克因為天生的膽怯屈從了史密斯的無理要求。屈從是很多年輕作家開始時的選擇，我也一樣，那位善良的北京主編要求我把小說陰暗的結尾改成一個光明的結尾，她的理由是「在社會主義中國是不可能出現陰暗的事情」，我立刻修改出了一個光明的結尾。我的屈從和法爾克不一樣，我是為了發表作品。

我至今難忘斯特林堡的一段經典敘述。法爾克從史密斯那裡回家後，開始為那個惡棍寫作關於烏爾麗卡．埃烈烏努拉的書，法爾克對這本書一點興趣都沒有，可是膽怯的性格和家傳的祖訓「什麼工作都值得尊重」，促使法爾克必須寫滿十五頁，斯特林堡幾乎是用機械的方式敘述了法爾克如何絞盡腦汁去拼湊這要命的十五頁。與烏爾麗卡．埃烈烏努拉有關的不到三頁，在剩下的十三頁裡，法爾克用評價的方式寫了一頁，他貶低了她，又把樞密院寫了一頁，接下去又寫了另外的人，最後也只能拼湊到七頁半。這段敘述之所以讓我二十多年難以忘記，是因為斯特林堡在不長的篇幅裡，把一個年輕作家無名時寫作的艱辛表達的淋漓盡致。我讀到這個段落的時候，自己也在苦苦地寫些應景小說，目的就是為了發表，那個時代我還不能按照自己的意願寫作。了不起的是，斯特林堡幾乎是用會計算帳似的呆板完成了敘述，而我讀到的卻是浮想聯翩似的豐富。斯特林堡的偉大就在這裡，需要優美的時候，斯特林堡是一個詩人；需要粗俗的時候，斯特林堡是一個工人；需要呆板的時候，斯特林堡就是一個戴著深度近視眼鏡的會計師……然後他寫下了眾聲喧譁的《紅房間》。

法爾克竭盡全力也只是拼湊了七頁半，還有七頁半的空白在虎視眈眈地看著他。這時候斯特林堡的敘述靈活而柔軟了，可憐的法爾克實在寫不下去了，他「心如刀絞，難過異常」，思想變得陰暗，房子很不舒服，身體也很不舒服，他懷疑自己是不是餓了？不安地摸出全部的錢，總共三十五厄爾，不夠吃一頓午飯。在法爾克餓得死去活來的時候，斯特林堡不失時機地描寫了附近軍營和隔壁鄰居準備吃飯的情景，讓法爾克的眼睛從窗戶望出去，看到所有的煙囪都在冒著煮飯的煙，連船都響起了午飯的鐘聲；讓法爾克的耳朵聽到了鄰居刀叉的響聲和飯前的祈禱。然後斯特林堡給了法爾克精神的高尚，法爾克在飢餓的絕境裡做出了令人讚歎的選擇，他將全部的錢（三十五厄爾）給了信差，退回了出版界惡棍史密斯強加給他的寫作。「法爾克鬆了一口氣，躺在了沙發上」，所有的不舒服，包括飢餓，一下子都沒有了。

斯特林堡的這一筆在二十多年前讓我震撼，至今影響著我。我那時候對為了發表的寫作徹底厭倦了，這樣的寫作必須去追隨當時的文學時尚，就像法爾克寫作烏爾麗卡·埃烈烏努拉的故事一樣，我也經受了心理的煎熬，接著是生理的煎熬，一切都變得愈來愈不舒服，我覺得自己的一切都走進了死胡同。然後與法爾克相似的情景出現了，某一天早晨我起床後坐在桌前，繼續寫作那篇讓我厭倦的小說時，我突然扔掉了手裡的筆，我告訴自己從此以後再也不寫這些鬼東西了，我要按照自己內心的需要寫作了，哪怕不再發表也在所不惜。接下去我激動地走上了大街，小小的屋子已經盛不下我的激動了，我需要走在寬闊的世界裡，那一刻我覺得自己重生了。

《紅房間》第一章裡有關法爾克去「公務員薪俸發放總署」尋找工作的描寫，是我和幾個朋友當時最喜歡的段落。這個龐大的官僚機構裡，門衛就有九個，只有兩個趴在桌上看報紙，另外七個各有不在的原因，其中有一個上廁所了，這個人上廁所需要一天的時間。總署裡面的辦公室大大小小多得讓人目不暇接，都是空空蕩蕩，那些公職人員要到十二點的時候才會陸續來到。尋找工作的法爾克來到了署長辦公室，他想進去看看，被門衛緊張地制止了，門衛讓他別出聲，法爾克以為署長在睡覺。其實署長根本不在裡面，門衛告訴法爾克，署長不按鈴，誰也不許進去。門衛在這裡工作一年多了，從來沒有聽見署長按過鈴。

我當時因為發表了幾篇小說，終於告別了五年的牙醫工作，去文化館上班了。文化館的職員整天在大街上遊蕩，所以我第一天上班時故意遲到了兩個小時，沒想到我竟然是第一個來上班的。然後我去一家國營工廠看望一位朋友，上班時間車間裡的機器竟然全關著，所有的工人都坐在地上打牌。我對朋友說：「你的工作真是舒服。」朋友回答：「你的也一樣，上班的時候跑到我這裡來了。」當時我們幾個讀過《紅房間》的朋友，都戲稱自己是「公務員薪俸發放總署」的職員，瑞典的斯特林堡寫下了類似二十世紀八十年代我們中國的故事。

斯特林堡還寫下了類似今天中國的故事。我第一次閱讀《紅房間》的時候，中國的出版市場還沒有真正形成，也沒有證券市場。出版界巨人史密斯無中生有地編造謊言捧紅了古斯塔夫．舍霍爾姆，一個三流也算不上的作家，這個段落讓我十分陌生，讓我感到陌生的還有特利頓保險公司的騙局，當時我萬分驚訝，心想世上還有這樣的事。沒想到二十年以後，這樣的故事在中國也出現了。今天的中國，編造彌天大謊來推出一位新作家已經不是什麼新鮮事了，而特利頓這樣的騙子公司也已經舉不勝舉。

我第二次閱讀《紅房間》已經時隔二十多年，四天前拿到李之義先生翻譯的《斯特林堡文集》，一般閱讀外國小說都會遇到障礙，李先生的譯文樸素精確，我閱讀時一點障礙都沒有。我重讀了《紅房間》，又讀了四個短篇小說，還有《古斯塔夫．瓦薩》，斯特林堡這個劇本裡的戲劇時間，緊湊得讓我喘不過氣來，而且激動人心。現在當我重溫二十多年前的閱讀，寫下這篇短文的時候，覺得自己彷彿成為了斯特林堡《半張紙》中的那個房客，這個要搬家的年輕人在電話機旁發現了半張紙，上面有著不同的筆跡和不同的記載，年輕人拿在手裡看著，在兩分鐘內經歷了生命中兩年的時間。

我花了兩天時間重讀了《紅房間》，勾起了自己二十多年來有關閱讀和生活的回憶，甜蜜又感傷。過去的生活已經一去不返，過去的閱讀卻是歷久彌新。二十多年來我在閱讀那些偉大作品的時候，總是在不同時代、不同國家、不同語言的作家那裡，讀到自己的感受，甚至是自己的生活。假如文學中真的存在某些神祕的力量，我想可能就是這些。

二〇〇五年十月十一日

文學中的現實

什麼是文學中的現實？我要說的不是一列火車從窗前經過，不是某一個人在河邊散步，不是秋天來了樹葉就掉了，當然這樣的情景時常出現在文學的敘述裡，問題是我們是否記住了這些情景？當火車經過以後不再回到我們的閱讀裡，當河邊散步的人走遠後立刻被遺忘，當樹葉掉下來讀者無動於衷，這樣的現實雖然出現在了文學的敘述中，它仍然只是現實中的現實，仍然不是文學中的現實。

我在中國的小報上讀到過兩個真實的事件，我把它們舉例出來，也許可以說明什麼是文學中的現實。兩個事件都是令人不安的，一個是兩輛卡車在國家公路上迎面相撞，另一個是一個人從二十多層的高樓上跳下來，這樣的事件在今天的中國幾乎每天都在發生，已經成為記者筆下的陳詞濫調，可是它們引起了我的關注，這是因為兩輛卡車相撞時，發出巨大的響聲將公路兩旁樹木上的麻雀紛紛震落在地；而那個從高樓跳下來自殺身亡的人，由於劇烈的衝擊使他的牛仔褲都綳裂了。麻雀被震落下來和牛仔褲的綳裂，使這兩個事件一下子變得與眾不同，變得更加怵目驚心，變得令人難忘，我的意思是說讓我們一下子讀到了文學中的現實。如果沒有那些昏迷或者死亡的麻雀鋪滿了公路的描寫，沒有牛仔褲綳裂的描寫，那麼兩輛卡車相撞和一個人從高樓跳下來的情景，即便是進入了文學，也是很容易被閱讀遺忘，因為它們沒有產生文學中的現實，它們僅僅是讓現實事件進入了語言的敘述系統而已。而滿地的麻雀和牛仔褲的綳裂的描寫，可以讓文學在現實生活和歷史事件裡脫穎而出，文學的現實應該由這樣的表達來建立，如果沒有這樣的表達，敘述就會淪落為生活和事件的簡單圖解。這就是為什麼生活和事件總是轉瞬即逝，而文學卻是歷久彌新。

我們知道文學中的現實是由敘述語言建立起來的，我們來讀一讀義大利詩人但丁的詩句。在那部偉大的《神曲》裡，奇妙的想像和比喻，溫柔有力的結構，從容不迫的行文，讓我對《神曲》的喜愛無與倫比。但丁在詩句裡這樣告訴我們：「箭中了目標，離了弦。」但丁在詩句裡將因果關係換了一個位置，先寫箭中了目標，後寫箭離了弦，讓我們一下子讀到了語言中的速度。仔細一想，這樣的速度也是我們經常在現實生活中可以感受到的，問題是現實的邏輯常常制止我們的感受能力，但丁打破了原有的邏輯關係後，讓我們感到有時候文學中的現實會比生活中的現實更加真實。

另一位作家叫博爾赫斯，是阿根廷人，他對但丁的仰慕不亞於我。在他的一篇有趣的故事裡，寫到了兩個博爾赫斯，一個六十多歲，另一個已經八十高齡了。他讓兩個博爾赫斯在漫長旅途中的客棧相遇，當年老的博爾赫斯說話時，讓我們看看他是如何描寫聲音的，年輕一些的博爾赫斯這樣想：「是我經常在我的錄音帶上聽到的那種聲音。」

將同一個人置身到兩種不同時間裡，又讓他們在某一個相同的時間和相同的環境裡相遇，毫無疑問這不是生活中的現實，這必然是文學中的現實。我也在其他作家的筆下讀到過類似的故事，讓一個人的老年時期和自己的年輕時期相遇，再讓他們愛上同一個女人，互相爭奪又互相禮讓。這樣的花邊故事我一個都沒有記住，只有博爾赫斯的這個故事令我難忘，當年老的那位說話時，讓年輕的那位覺得是在聽自己聲音的錄音。我們可以想像這是什麼樣的聲音，蒼老和百感交集的聲音，而且是自己將來的聲音。錄音帶的轉折讓我們讀到了奇妙的差異，這是隱藏在一致性中的差異，正是這奇妙的差異性的描寫，讓六十多歲的博爾赫斯和八十歲的博爾赫斯相遇時變得真實可靠，當然這是文學中的真實。

在這裡錄音帶是敘述的關鍵，或者說是出神入化的道具，正是這樣的道具使看起來離奇古怪的故事有了現實的依據，也就是有了文學中的現實。

二〇〇三年三月十九日

飛翔和變形

今天演講的主題是文學作品中的想像，「想像」是一個十分迷人的詞彙。還有什麼詞彙比「想像」更加迷人？我很難找到。這個詞彙表達了無拘無束、天馬行空和絢麗多彩等等。

今天有關想像的話題將從天空開始，人類對於天空的想像由來已久，而且生生不息。我想也許是天空無邊無際的廣闊和深遠，讓我們忍不住想入非非；湛藍的晴天，灰暗的陰天、霞光照耀的天空，滿天星辰的天空，雲彩飄浮的天空，雨雪紛飛的天空……天空的變幻莫測也讓我們的想入非非開始變幻莫測。

差不多每一個民族都虛構了一個天上的世界，這個天上的世界與自己所處的人間生活遙相呼應，或者說是人們在自身的生活經驗裡，想像出來的一個天上世界。西方的神祇們和東方的神仙們雖然上天入地呼風喚雨，好像無所不能，因為他們誕生於人間的想像，所以他們充分表達了人間的欲望和情感，比如喜好美食，講究穿戴等等，他們不愁吃不愁穿，個個都像大款，同時名利雙收，個個都是名人。人間有公道，天上就有正義；人間有愛情，天上就有情愛；人間有爾虞我詐，天上不乏爭權奪利；人間有偷情通姦，天上不乏好色之徒……

我要說的就是神話傳說，這些故事中的神祇神仙經常要從天上下來，來到人間幹些什麼，或主持公道，或談情說愛等等，然後故事開始引人入勝了。我今天要說的是這些神仙是怎麼從天上下來的，又怎麼回到天上去？這可能是閱讀神話傳說時經常讓人疏忽的環節，其實這是非常重要的環節，可以衡量故事講述者是否具有了敘述的美德？或者說故事的講述者是否真正理解了想像的含義？

什麼是想像的含義？很多年前我開始為汪暉主編的《讀書》雜誌寫作文學隨筆時，曾經涉及到這個問題，當時只是浮光掠影，今天可以充分地討論。當我們考察想像在文學作品中的作用時，必須面對另外一種能力，就是洞察的能力。我的意思是說，只有當想像力和洞察力完美結合時，文學中的想像才真正出現，否則就是瞎想、空想和胡思亂想。

現在我們討論第一個話題——飛翔，也就是文學作品中的人物如何飛翔？有一次賈西亞．馬奎斯在和朋友談到《百年孤寂》寫作時遇到的一個難題，就是俏姑娘雷梅苔絲如何飛到天上去。對於很多作家來說，這可能並不是一個難題，這些作家只要讓人物雙臂一伸就可以飛翔了，因為一個人飛到天上去本來就是虛幻的，或者說是瞎編的，既然是虛幻和瞎編的，只要隨便地寫一下這個人飛起來就行了。可是賈西亞．馬奎斯是偉大的作家，對於偉大的作家來說，雷梅苔絲飛到天上去既不是虛幻也不是瞎編，而是文學中的想像，是值得信任的敘述，因此每一個想像都需要尋找到一個現實的依據。馬奎斯需要讓他的想像與現實簽訂一份協議，馬奎斯一連幾天都不知道如何讓雷梅苔絲飛到天上去，他找不到協議。由於雷梅苔絲上不了天空，馬奎斯幾天寫不出一個字，然後在某一天的下午，他離開自己的打字機，來到後院，當時家裡的女傭正在後院裡晾床單，風很大，床單斜著向上飄起，女傭一邊晾著床單一邊喊叫著說床單快飛到天上去了。馬奎斯立刻獲得了靈感，他找到了雷梅苔絲飛翔時的現實依據，他回到書房，回到打字機前，雷梅苔絲坐著床單飛上了天。馬奎斯對他的朋友說，雷梅苔絲飛呀飛呀，連上帝都攔不住她了。

我想，馬奎斯可能知道《一千零一夜》裡神奇的阿拉伯飛毯，那張由思想來駕駛的神奇飛毯，應該是一個家喻戶曉的故事。當然這不重要，重要的是無論是桑魯卓的講述，還是馬奎斯的敘述，當人物在天上飛翔的時候，他們都尋找到了現實的依據。可以說《一千零一夜》裡的阿拉伯飛毯與《百年孤寂》的床單是異曲同工，而且各有歸屬。神奇的飛毯更像是神話中的表達，而雷梅苔絲坐在床單上飛翔，則是充滿了生活的氣息。

在希臘的神話和傳說裡，為了讓神祇們的飛翔合情合理，作者借用了鳥的形象，讓神祇的背上生長出一對翅膀。神祇一旦擁有了翅膀，也就擁有了飛翔的理由，作者也可以省略掉那些飛翔時的描寫，因為讀者在鳥的飛翔那裡已經提前獲得了神祇飛翔時的姿勢。那個天上的獨裁者宙斯，有一個熱衷於為父親拉皮條的兒子赫爾墨斯，赫爾墨斯的背上有著一對勤奮的翅膀，他上天下地，為自己的父親尋找漂亮姑娘。

在我有限的閱讀裡，有關神仙們如何從天上下來，又如何回到天上去的描寫，我覺得中國晉代干寶所著的《搜神記》裡的描寫，堪稱第一。干寶筆下的神仙是在下雨的時候，從天上下來；颳風的時候，又從地上回到了天上。利用下雨和颳風這樣兩個自然界的景象來表達神仙的上天下地，既有了現實生活的依據，也有了神仙出入時有別於世上常人的瀟灑和氣勢。就像希臘神話和傳說中，當宙斯對人間充滿憤怒時，「他正想用閃電鞭撻整個大地」，將閃電比喻成鞭子，十分符合宙斯的身分，如果是用普通的鞭子，就不是宙斯了，充其量是一個生氣的馬車夫。《搜神記》裡的這個例子，可以說是想像力和洞察力的完美結合。

第二個話題是文學如何敘述變形，也就是人可以變成動物、變成樹木、變成房屋等等。我們在中國的筆記小說和章回小說裡可以隨時讀到這樣的描寫，當神仙對凡人說完話，經常是「化作一陣清風」離去，這樣的描寫可以讓凡人立刻醒悟過來，原來剛才說話的是神仙，而且從此言聽計從。這個例子顯示了在中國的文學傳統裡，總是習慣將風和神仙的行動結合起來。上面《搜神記》裡的例子是讓神仙藉著風上天，這個例子乾脆讓神仙變形成了風。我想自然界裡風的自由自在的特性，直接產生了文學敘述裡神仙行動的隨心所欲和不可捉摸。另一方面，比如樹葉，比如紙張等等，被風吹到了天空上，也是我們生活中熟悉的景象。就像《紅樓夢》裡薛寶釵所云：「好風憑藉力，送我上青雲。」正是這些為我們所熟悉的自然景象，讓神仙無論是藉風上天，還是變成風消失，都獲得了文學意義上的合法性。

在《西遊記》裡，孫悟空和二郎神大戰時不斷變換自己的形象，而且都有一個動作——搖身一變，身體搖晃一下，就變成了動物。這個動作十分重要，既表達了變的過程，也表達了變的合理。如果變形時沒有身體搖晃的動作，直接就變過去了，這樣的變形就會顯得唐突和缺乏可信。可以這麼說，這個搖身一變，是想像力展開的時候，同時出現的洞察力為我們提供了現實的依據。

我們讀到孫悟空變成麻雀釘在樹梢，二郎神立刻變成餓鷹，抖開翅膀，飛過去撲打；孫悟空一看大勢不妙，變成一隻大鶿沖天而去，二郎神馬上變成海鶴追上雲霄；孫悟空俯衝下來，淬入水中變成一條小魚，二郎神接踵而至變成魚鷹飄蕩在水波上；孫悟空只好變成一條水蛇游近岸鑽入草中，二郎神追過去變成了一隻朱綉頂的灰鶴，伸著長嘴來吃水蛇；孫悟空急忙變成一隻花鴇，露出一副癡呆樣子，立在長著蓼草的小洲上。這時候草根和貴族的區別出來了，身為貴族階層的二郎神看見草根階層的孫悟空變得如此低賤，因為花鴇是鳥中最賤最淫之物，不願再跟著變換形象，於是現出自己的原身，取出彈弓，拽滿了，一個彈子將孫悟空打了一個滾。

這一筆看似隨意，卻十分重要，顯示出了敘述者在其想像力飛翔的時候，仍然對現實生活明察秋毫。對於出生草根的孫悟空來說，變成什麼不重要，重要的是達到自己的目的；貴族出生的二郎神就不一樣，在變成飛禽走獸的時候，必須變成符合自己貴族身分的動物。不像孫悟空那樣，可以變成花鴇，甚至可以變成一堆牛糞。

在這個章節的敘述裡，無論孫悟空和二郎神各自變成了什麼，吳承恩都是故意讓他們露出破綻，從而讓對方一眼識破。孫悟空被二郎神一個彈子打得滾下了山崖，伏在地上變成了一座土地廟，張開的嘴巴像是廟門，牙齒變成門扇，舌頭變成菩薩，眼睛變成窗櫺，可是尾巴不好處理，只好匆匆變成一根旗杆，豎在後面。沒有廟宇後面豎立旗杆的，這又是一個破綻。

孫悟空和二郎神變成動物後出現的破綻，一方面可以讓故事順利發展，正是變形後不斷出現的破綻，才能讓二者之間的激戰不斷持續；另一方面也揭示了文學敘述裡的一個準則，或者說是文學想像的一個準則，那就是洞察力的重要性。通過文學想像敘述出來的變形，總是讓變形的和原本的之間存在著差異，這差異就是想像力留給洞察力的空間。這個由想像留出來的空間通常十分微小，而且瞬間即逝，只有敏銳的洞察力可以去捕捉。

閱讀的經歷告訴我們，無論是神話和傳說的敘述，還是超現實和荒誕的敘述，文學的想像在敘述變形時留出來的差異，經常是故事的重要線索，在這個差異裡誕生出下一個引人入勝的情節，而且這下一個情節仍然會留出差異的空間，繼續去誕生新的隱藏著差異的情節，直到故事結尾的來臨。

在希臘的神話和傳說裡，伊俄的故事是一個很好的例子。美麗的伊俄有一天在草地上為她父親牧羊的時候，被好色之徒宙斯看上了，宙斯變形成一個男人，用甜美的言語挑逗引誘她，伊俄恐怖地逃跑，跑得像飛一樣的快，也跑不出宙斯的控制。這時宙斯之妻，諸神之母赫拉出現了，經常被丈夫背叛的赫拉，始終以頑強的疑心監視著宙斯。宙斯預先知道赫拉趕來了，為了從赫拉的嫉恨中救出伊俄，宙斯將美麗的少女變形成了一頭雪白的小母牛，打算蒙混過關。赫拉一眼識破了丈夫的詭計，誇獎起小母牛的美麗，提出要求，希望宙斯將這頭雪白美麗的小母牛作為禮物送給她。這時的原文是這樣寫的：「欺騙遇到了欺騙」，宙斯儘管不願失去光豔照人的伊俄，可是害怕赫拉的嫉恨會像火焰一樣爆發，從而毀滅他的小情人，宙斯只好暫時將小母牛送給了他的妻子。

伊俄的悲劇開始了，赫拉把這個情敵交給了百眼怪物阿耳戈斯看管。阿耳戈斯睡眠的時候，只閉上兩隻眼睛其他的眼睛都睜開著，在他的額前腦後像星星一樣發著光。赫拉命令阿耳戈斯將伊俄帶到天邊，離開宙斯愈遠愈好。伊俄跟著阿耳戈斯浪跡天涯，白天吃著苦草和樹葉，飲著污水；晚上脖頸鎖上沉重的鎖鏈，躺在堅硬的地上。

「小母牛的心懷著人類的悲哀，在獸皮下跳躍著。」敘述的差異出現了，變形的小母牛和原本的小母牛之間的差異，就是在伊俄變形為小母牛後隨時顯示出人的特徵。可憐的伊俄常常忘記自己不再是人類，她要舉手禱告時，才想起來自己沒有手。她想以甜美感人的話向百眼怪物祈求時，發出的卻是牛犢的鳴叫。關於伊俄命運的敘述不斷地出現這樣的差異，如同階梯一樣級級向上，敘述時接連出現的差異將伊俄的命運推向了悲劇的高潮。

變形為小母牛的伊俄在百眼怪物阿耳戈斯的監管下游牧各地，多年後她來到了自己的故鄉，來到她幼時常常嬉遊的河岸。故事的講述者這時候才讓她第一次看到自己變形以後的模樣，「當那有角的獸頭在河水的明鏡中注視著她，她在戰慄的恐怖中逃避開自己的形象。」母牛的形象和人的感受之間的差異產生了悲劇，而且是在象徵她昔日美好生活的河岸上產生的。

敘述的差異繼續向前，伊俄充滿渴望地走向了她的姊妹和父親，可是她的親人都不認識她，感人至深的情景來到了。父親伊那科斯喜愛這頭雪白的小母牛，撫摸拍打著她光豔照人的身軀，從樹上摘下樹葉給她吃。「但當這小母牛感恩地舐著他的手，用親吻和人類的眼淚愛撫他的手時，這老人仍猜不出他所撫慰的是誰，也不知道誰在向他感恩。」

歷經艱辛的伊俄仍然保持著人類的思想，沒有因為變形而改變，她用小母牛的蹄彎彎曲曲地在沙上寫字，告訴父親她是誰。多麼美妙的差異敘述，準確的母牛的動作描寫，蹄彎彎曲曲，寫下的卻是人類的字體。正是變形後仍然保持著人類的情感和思想，使伊俄與原本的真正母牛之間出現了一系列的差異，這一系列的差異成為了敘述的紐帶，最後的高潮也產生於差異中。當伊俄彎彎曲曲地用蹄在沙地上寫字時，讀者所感嘆的已經不是作者的想像力，而是作者的洞察力了。在這個故事裡，如果說想像力製造了敘述的差異，那麼盤活這一系列敘述差異的應該是洞察力。

伊俄的父親立刻明白了站在面前的是自己的孩子，「多悲慘呀！」老人驚呼起來，抱住他的嗚咽著的女兒的兩角和脖頸：「我走遍全世界尋找你，卻發現你是這個樣子！」

伊俄變形的故事讓我們更多地獲得這樣的感受，在小母牛的軀體裡，以及小母牛的動作和聲音裡，人類的特徵如何在掙扎。在波蘭作家布魯諾·舒爾茨的變形故事裡，曾經精確地表達了人變形為動物以後的某些動物特徵。

和《希臘的神話和傳說》的作者斯威布一樣，也和《西遊記》的作者吳承恩一樣，舒爾茨的變形故事的敘述紐帶也是一系列差異的表達。布魯諾·舒爾茨筆下的父親經常逃走，又經常回來，而且是變形後回來。當父親變形為螃蟹回到家中後，雖然他已經成為了人的食物，可是仍然要參與到一家人的聚餐裡，每當吃飯的時候，他就會來到餐室，一動不動地停留在桌子下面，「儘管他的參與完全是象徵性的」。與伊俄變形為小母牛一樣，這個父親變形為螃蟹後，仍然保持著過去歲月裡人的習慣。雖然他擁有了十足的螃蟹形象和螃蟹動作，可是差異敘述的存在讓他作為人的特徵時隱時現。當他被人踢了一腳後，就會「用加倍的速度像閃電似的、鋸齒形地跑起來，好像要忘掉他不體面地摔了一跤這個回憶似的」。螃蟹的逃跑和人的自尊在敘述裡同時出現，可以這麼說，文學作品中的差異敘述和音樂裡的和聲是異曲同工。

現在我們應該欣賞一下布魯諾·舒爾茨變形故事裡精確的動物特徵描寫，這是一個膽大的作家，他輕描淡寫之間，就讓母親把作為螃蟹的父親給煮熟了，放在盆子裡端上來時「顯得又大又腫」，可是一家人誰也不忍心對煮熟的螃蟹父親動上刀叉，母親只好把盆子端到起居室，又在螃蟹上蓋了一塊紫天鵝絨。然後布魯諾·舒爾茨顯示了其想像力之後非凡的洞察力，幾個星期以後他讓煮熟的螃蟹父親逃跑了。「我們發現盆子空了，一條腿橫在盆子邊上……」布魯諾·舒爾茨將螃蟹煮熟後容易掉腿的動物特徵描寫的淋漓盡致，他感人至深地描寫了父親逃跑時腿不斷脫落在路上，最後這樣寫：「他靠著剩下的精力，拖著自己到某一個地方去，去開始一種沒有家的流浪生活；從此以後，我們沒有再見到他。」這篇小說題為《父親的最後一次逃走》。

今天關於文學作品中想像的演講到此為止，有關想像的話題遠遠沒有結束，今天僅僅是開始。我之所以選擇「飛翔和變形」作為第一個話題，是因為二者都是大幅度地表達了文學的想像力，或者說都是將現實生活的不可能和不合情理，變成了文學作品中的可能與合情合理。當然大幅度表達文學想像力的不僅僅是飛翔和變形，還有人死了以後如何復活。如果以後有機會的話，我樂意繼續討論。這是我第二次來到延世大學，我以後還會回來，當我回來的時候，隨身攜帶的演講題目應該是《生與死，死而復生》。

二〇〇七年五月二十八日

生與死，死而復生

去年九月裡的一個早晨，我走在德國杜塞爾多夫的老城區時，突然看見了海涅故居。此前我並不知道海涅故居在此，在臨街的聯排樓房裡，海涅故居是黑色的，而它左右的房屋都是紅色的，海涅的故居比起它身旁已經古老的房屋顯得更加古老。彷彿是一張陳舊的照片，中間站立的是過去時代裡的祖父，兩旁站立著過去時代裡的父輩們。我的喜悅悄然升起，這和知道有海涅故居再去拜訪所獲得的喜悅不一樣，因為我得到的是意外的喜悅。事實上我們一直生活在意外之中，只是太多的意外因為微小而被我們忽略。為什麼有人總是讚美生活的豐富多彩？我想這是因為他們善於品嘗生活中隨時出現的意外。

今天我之所以提起這個一年前的美好早晨，是因為這個杜塞爾多夫的早晨讓我再次回到了自己的童年，回到了我在醫院裡度過的童年。

當時的中國有一個比較普遍的現象，就是城鎮的職工大多是居住在單位裡，比如我的父母都是醫生，於是醫生護士們的宿舍樓和醫院的病房挨在一起，我和我哥哥是在醫院裡長大的。我長期在醫院的病區裡遊蕩，習慣了來蘇兒的氣味，我小學時的很多同學都討厭這種氣味，我倒是覺得這種氣味不錯。

我父親是一名外科醫生，當時醫院的手術室只是一間平房，我和哥哥經常在手術室外面玩耍，經常看到父親給病人做完手術後，口罩上和手術服上滿是血跡地走出來。離手術室不遠有一個池塘，護士經常提著一桶病人身上割下來的血肉模糊的東西從手術室出來，走過去倒進池塘裡。到了夏天，池塘裡散發出了陣陣惡臭，蒼蠅密密麻麻像是一張純羊毛地毯蓋在池塘上面。

那時候醫院的宿舍樓裡沒有衛生設施，只有一個公用廁所在宿舍樓的對面，廁所和醫院的太平間挨在一起，只有一牆之隔。我每次上廁所時都要經過太平間，朝裡面看上一眼，裡面乾淨整潔，只有一張水泥床。在我的記憶裡，那地方的樹木比別處的樹木茂盛，可能是太平間的原因，也可能是廁所的原因。那時的夏天極其炎熱，我經常在午睡醒來後，看到汗水在草席上留下自己完整的體形。我在夏天裡上廁所時經過太平間，常常覺得裡面很涼爽。我是在中國的文革裡長大的，當時的教育讓我成為了一個徹底的無神論者，我不相信鬼的存在，也不怕鬼。有一天中午我走進了太平間，在那張乾淨的水泥床上躺了下來。從此以後我經常在炎熱的中午，進入太平間睡午覺，感受炎熱夏天裡的涼爽生活。

這是我的童年往事，成長的過程有時候也是遺忘的過程，我在後來的生活中完全忘記了這個童年的經歷，在夏天炎熱的中午，躺在太平間象徵著死亡的水泥床上，感受著活生生的涼爽。直到有一天我偶爾讀到了海涅的詩句，他說：「死亡是涼爽的夜晚。」然後這個早已消失的童年記憶，瞬間回來了，而且像是剛剛被洗滌過一樣的清晰。海涅寫下的，就是我童年時在太平間睡午覺時的感受。然後我明白了：這就是文學。

這可能是我最初感受到的來自死亡的氣息，隱藏在炎熱裡的涼爽氣息，如同冷漠的死隱藏在熱烈的生之中。我總覺得自己現在的經常性失眠與童年的經歷有關，我童年的睡眠是在醫院太平間的對面，常常是在後半夜，我被失去親人的哭聲驚醒，我聆聽了太多的哭聲，各種各樣的哭聲，男聲女聲，男女混聲；有蒼老的，有年輕的，也有稚氣的；有大聲哭叫的，也有低聲抽泣的；有歌謠般動聽的，也有陰森森讓人害怕的……哭聲各不相同，可是表達的主題是一樣的，那就是失去親人的悲傷。每當夜半的哭聲將我吵醒，我就知道又有一個人紋絲不動地躺在對面太平間的水泥床上了。一個人離開了世界，一個活生生的人此後只能成為一個親友記憶中的人。這就是我的童年經歷，我從小就在生的時間裡感受死的蹤跡，又在死的蹤跡裡感受生的時間。夜復一夜地感受，捕風捉影地感受，在現實和虛幻之間左右搖擺地感受。太平間和水泥床是實際的和可以觸摸的，黑夜裡的哭聲則是虛無縹緲，與我童年的睡夢為伴，讓我躺在生的邊境上，聆聽死的喃喃自語。在生的炎熱裡尋找死的涼爽，而死的涼爽又會散發出更多生的炎熱。

我想，這就是生與死。在此前的〈飛翔和變形〉裡，我舉例不少，是為了說明文學作品中想像力和洞察力唇齒相依的重要性，同時也為了說明文學裡所有偉大的想像都擁有其現實的基地。現在這篇〈生與死，死而復生〉，我試圖談談想像力的長度和想像力的靈魂。

生與死，是此文的第一個話題。正如我前面所講述的那樣，杜塞爾多夫的海涅故居如何讓我回到了自己的童年，一件已經被遺忘了的往事如何因為海涅的詩句變成刻骨銘心的記憶，這個記憶又如何不斷延伸和不斷更新。周而復始，永無止境。這個關於生與死的例子，其實要表述的可能是想像力裡面最為樸素也是最為普遍的美德——聯想。聯想的美妙在於其綿延不絕，猶如道路一樣，一條道路通向另一條道路，再通向更多的道路，有時候它一直往前，有時候它會回來。當然它會經常拐彎，可是從不中斷。聯想所表達出來的，其實就是想像力的長度，而且是沒有盡頭的長度。

馬塞爾．普魯斯特是這方面的行家，他說：「只有通過鐘聲才能意識到中午的康勃雷，通過供暖裝置所發出的哼聲才意識到清早的堂西埃爾。」沒有聯想，康勃雷和堂西埃爾如何得以存在？當他出門旅行，入住旅館的房間時，因為牆壁和房頂塗上海洋的顏色，他就感覺到空氣裡有鹹味；當某一個清晨出現，他在自己的臥室裡醒來，看到陽光從百葉窗照射進來，就會感到百葉窗上插滿了羽毛；當某一個夜晚降臨，他睡在嶄新的綢緞枕頭上，光滑和清新的感覺油然升起時，他突然感到睡在了自己童年的臉龐上。

我曾經多次說過這樣的話，如果文學裡真的存在某些神祕的力量，那就是讓我們在屬於不同時代、不同民族、不同文化和不同環境的作品裡讀到屬於自己的感受。文學就是這樣的美妙，某一個段落、某一個意象、某一個比喻和某一個對話等，都會啟動閱讀者被記憶封鎖的某一段往事，然後將它永久保存到記憶的「文檔」和「圖片」裡。同樣的道理，閱讀文學作品不僅可以啟動某個時期的某個經歷，也會啟動更多時期的更多經歷。而且，一個閱讀還可以啟動更多的閱讀，喚醒過去閱讀裡的種種體驗，這時候閱讀就會誕生另外一個世界，出現另外一條人生道路。這就是文學帶給我們的想像力的長度。

想像力的長度可以抹去所有的邊界：閱讀和閱讀之間的邊界，閱讀和生活之間的邊界，生活和生活之間的邊界，生活和記憶之間的邊界，記憶和記憶之間的邊界……生與死的邊界。

生與死，這是很多偉大文學作品樂此不疲的主題，也是文學的想像力自由馳騁之處。與前面討論的文學作品中的〈飛翔和變形〉有所不同，生與死之間存在著一條祕密通道，就是靈魂。因此在文學作品中表達生與死、死而復生時，比表達〈飛翔和變形〉更加迅速。我的意思是說：有關死亡世界裡的萬事萬物，我們早已耳濡目染，所以我們的閱讀常常無需經過敘述鋪墊，就可直接抵達那裡。

一個人和其靈魂的關係，有時候就是生與死的關係。這幾乎是所有不同文化的共識，有所不同的也只是表述的不同。而且萬事萬物皆有靈魂，藝術更是如此。當我們被某一段音樂、某一個舞蹈、某一幅畫作、某一段敘述深深感動之時，我們就會忍不住發出這樣的感嘆：這是有靈魂的作品。

中國有五十六個民族，有關靈魂的表述各不相同，有時候即便是同一個民族，因為歷史、地理和文化等諸多方面的差異，表述的差異也是顯而易見。然而萬變不離其中，當一個人的靈魂飛走了，那麼也就意味著這個人死去了。

在漢族看來，每個人都有一個靈魂。如果這個人印堂變暗，臉色發黑，這是死亡的先兆；如果這個人遭遇嬰兒的害怕躲閃，也是死亡的先兆，因為嬰兒的眼睛乾淨，看得見這個人靈魂出竅。諸如此類的表述在漢族這裡層出不窮，而且地域不同表述也是不同。很多地方的人死後入殮前，腳旁要點亮一盞油燈，這是長明燈，因為陰間的道路是黑暗的。如果是富裕人家，入殮時頭戴一頂鑲著珍珠的帽子，珍珠也是長明燈，為死者在陰間長途跋涉照明。

生活在雲南西北部的獨龍族認為每個人擁有兩個靈魂，第一個靈魂是與生俱有的，其身材相貌和性格，還有是否聰明和愚蠢都和人一樣。而且和人一樣穿衣打扮，人換衣時，靈魂也換衣。只有在人睡眠之時有所不同，因為靈魂是不睡覺的，這時候它離開了人的身體，外出找樂子去了。獨龍人對夢的解釋很有意思，他們認為人在夢中所見所為，都是不睡覺的靈魂幹出來的事情。當人死後，第二個靈魂出現了，這是一個貪食酒肉的靈魂，所以滯留人間，不斷地要世人供吃供喝（祭品）。

在雲南的阿昌族那裡，每個人有三個靈魂。人死後三個靈魂分工不同，一個靈魂被送到墳上，於清明節祭掃；一個靈魂供在家裡；一個靈魂送到鬼王那裡。這第三個靈魂將沿著祖先遷來的道路送回去，到達鬼王那裡報到後，就會回到祖先的身旁。

靈魂演繹出來了無數的闡釋與敘述，也提供了不少就業機會，巫師巫婆們，作家詩人們等等，皆因此來養家餬口。如同中國古老的招魂術，在古代的波斯、希臘和羅馬曾經流行死靈術。巫師們身穿從死人身上扒下來的衣服，沉思著死亡的意義，來和死亡世界溝通。與中國的巫婆跳大繩按勞所得一樣，這些死靈師召喚亡魂也是為了掙錢。死靈師受雇於那些尋找寶藏的人，他們相信死後的人可以無所不知無所不見。招魂儀式通常是在人死後十二個月進行，按照古代波斯人、希臘人和羅馬人的見解，人死後最初的十二個月裡，其靈魂對人間戀戀不捨，在墓地附近徘徊不去，所以從這些剛死之人那裡打聽不出什麼名堂。當然，太老的屍體也同樣沒用。死靈師認為，過於腐爛的屍體是不能清楚回答問題的。

有關靈魂的描述多彩多姿，其實也是想像力的多彩多姿。不管在何時何地，想像都有一個出發地點，然後是一個抵達之處。這就是我在前一篇〈飛翔和變形〉裡所強調的現實依據，同時也可以這麼認為：想像就是從現實裡爆發出來的渴望。死靈師不願意從太爛的屍體那裡去召喚答案，這個想像顯然來自於人老之後記憶的逐漸喪失。中國人認為陰間是黑暗的，是因為黑夜的存在；獨龍人巧妙地從夢出發，解釋了那個與生俱有並且如影隨行的靈魂；阿昌族有關三個靈魂的理論，可以說是表達了所有人的願望。墳墓是必須要去的地方，家又不願捨棄，祖先的懷抱又是那麼的溫暖。怎麼辦？阿昌族慷慨地給予我們每人三個靈魂，讓我們不必為如何取捨而發愁。

古希臘人說阿波羅的靈魂進入了一隻天鵝，然後就有了後面這個傳說，詩人的靈魂進入了天鵝體內。這真是一個迷人的景象，當帶著詩人靈魂的天鵝在水面上展翅而飛時，詩人也就被想像的靈感驅使著奮筆疾書，偉大的詩篇在白紙上如瀑布般傾瀉下來。如果詩人絞盡腦汁也寫不出一個字來，那麼保存他靈魂的天鵝很可能病倒了。

這個傳說確實說出了文學和藝術裡經常出現的奇蹟，創作者在想像力發動起來，並且高速前進後起飛時，其靈魂可能去了另外一個地方。有點像獨龍人睡著後，他們的靈魂外出找樂子那樣。根據我自己的寫作經歷，我時常遇到這樣美妙的情景，當我的寫作進入某種瘋狂狀態時，我就會感到不是我在寫些什麼，而是我被指派在寫些什麼。我不知道自己當時的靈魂是不是進入了一隻天鵝的體內，我能夠確定的是，我的靈魂進入了想像的體內。

為什麼我們經常在一些作品中感受到了想像的力量，而在另外一些作品中卻沒有這樣的感受。我想，並不是後者沒有想像，是因為後者的想像裡沒有靈魂。有靈魂的想像會讓我們感受到獨特和驚奇的氣息，甚至是怪異和駭人聽聞的氣息，反過來沒有靈魂的想像總是平庸和索然無味。如果我們長期沉迷在想像平庸的作品的閱讀之中，那麼當有靈魂的想像撲面而來時，我們可能會害怕會躲閃，甚至會憤怒。我曾經說過，一個偉大的作者應該懷著空白之心去寫作，一個偉大的讀者應該懷著空白之心去閱讀。只有懷著一顆空白之心，才可能獲得想像的靈魂。就像中國漢族的習俗裡所描述的那樣，嬰兒為什麼能夠看見靈魂從一個行將死去的人的體內飛走，因為嬰兒的眼睛最乾淨。只有乾淨的眼睛才能夠看見靈魂，無論是寫作還是閱讀，都是如此。被過多的平庸作品弄髒了的閱讀和寫作，確實會看不見偉大作品的靈魂。

人們經常說，第一個將女人比喻成鮮花的是天才，第二個是庸才，第三個是蠢才，我不知道第四個以後會面對多少難聽的詞彙。比喻的生命是如此短促，第一個曇花一現後，從第二個開始就成為了想像的陳詞濫調，成為了死靈師不屑一顧的太爛的屍體，那些已經不能夠清楚回答問題的屍體。然而不管是第幾個，只要將美麗的女性比喻成鮮花的，我們就不能說這樣的比喻裡沒有想像，畢竟這個比喻將女性和鮮花連接起來了，可是為什麼我們感受不到想像的存在？因為這樣的比喻已經是腐爛的屍體，靈魂早已飛走。如果給這具腐爛的屍體注入新的靈魂，那麼情況就會完全不同。馬拉美證明了在第三個以後，將女人比喻成鮮花的仍然可能是天才。看看他是怎麼幹的，他為了勾引某位美麗的貴夫人，獻上了這樣的詩句：「每朵花都夢想著雅絲麗夫人。」

馬拉美告訴我們，什麼才是有靈魂的想像力。別的人也這樣告訴我們，比如那個專寫性愛小說的勞倫斯。我曾經好奇，他為何在性愛描寫上長時間的樂此不疲？我不是要否認性愛的美好，這種事寫多了和幹多了其實差不離，總應該會有疲乏的時候。直到有一天，我讀到了勞倫斯的一段話，大意是這樣的：他認為女人之所以美麗，是因為她們身上散發著濃郁的性；女人逐漸老去的過程，不是臉上皺紋愈來愈多，而是她們身上的性正在逐漸消失。勞倫斯的這段話讓我理解了他的寫作，為什麼他一生都在性愛描寫上面津津樂道？因為他的想像力找到了性的靈魂。

這兩個都是生的例子，現在應該說一說死了。讓我們回到古希臘，回到天鵝這裡。傳說天鵝臨終時唱出的歌聲是最為優美動聽的，於是就有了西方美學傳統裡的「最後的作品」，在中國叫「絕唱」。

「最後的作品」或者「絕唱」，可以說是所有文學藝術作品中，最能夠表達出死亡的靈魂，也是想像力在巔峰時刻向我們出示了人生的意義。在這樣的時刻，我們彷彿看到死亡的靈魂在巍峨的群山之間，猶如日落一樣向我們揮手道別。我們經常讀到這樣的篇章，某種情感日積月累無法釋放，在內心深處無限膨脹後沉重不堪，最後只能以死亡的方式爆發。恨，可以這樣；愛，也能如此。我們讀到過一個美麗的少女，如何完成她仇恨的絕唱《死亡之吻》。為報殺父之仇，她在嘴唇上塗抹了毒藥，勾引仇人接吻，與仇人同歸於盡。在《紅字》裡，我們讀到了愛的絕唱。海絲特未婚生下了一個女兒，她拒絕說出孩子的父親，胸前永久戴上象徵通姦恥辱的紅A字。孩子的父親丁梅斯代爾，一個純潔的年輕人，也是教區人人愛戴的牧師，因為海絲特的忍辱負重，讓他在內心深處經歷了七年的煎熬，最後在「新英格蘭節日」這一天終於爆發了。他進行了自己生命裡最後一次演講，但他「最後的作品」不是布道，而是用音樂一般的聲音，熱情和激動地表達了對海絲特的愛，他當眾宣布自己就是那個孩子的父親。他釋放了自己洶湧澎湃的愛之後，倒在了地上，安靜地死去了。

二十多年前，我在中國南方的一個小鎮圖書館裡翻閱筆記小說，讀到過一個驚心動魄的死亡故事。由於年代久遠，我已經忘記這個故事的出處，只記得有一隻鳥，生活在水邊，喜歡看著自己在水中的倒影翩翩起舞，其舞姿之優美，令人想入非非。皇帝聽說了這隻鳥，讓人將牠捉來宮中，給予貴族的生活，每天提供山珍海味，期望牠在宮中一展驚豔舞姿。然而習慣鄉野水邊生活的鳥，來到宮中半年從不起舞，而且形容日漸憔悴。皇帝十分生氣，以為這隻鳥根本就不會跳舞。這時有大臣獻言，說這鳥只能在水邊看到自己的身影時才會起舞。大臣建議搬一面銅鏡過來，鳥一旦看見自己的身影就會立刻起舞。皇帝准許，銅鏡搬到了宮殿之上。這隻鳥在銅鏡裡看到自己後，果然翩翩起舞了。半年沒有看到自己的身影和半年沒有跳舞的鳥，似乎要把半年裡面應該跳的所有舞蹈一口氣跳完，牠竟然跳了三天三夜，然後倒地氣絕身亡。

在這個「最後的作品」，或者說「絕唱」裡，我相信沒有讀者會在意所謂的細節真實性：一隻鳥持續跳舞三天三夜，而且不吃不睡。想像力的邏輯在這裡其實是靈魂的邏輯，一隻熱愛跳舞勝過生命的鳥，被禁錮半年之後，重獲自由之舞時，舞蹈就如熊熊燃燒的火焰，而且是焚燒自己的火焰，最後的結局必然是「氣絕身亡」。為什麼這個死亡如此可信和震撼，因為我們看到了想像力的靈魂在死亡敘述裡如何翩翩起舞。

我不能確定在歐洲源遠流長的「黃金律」是否出自畢達哥拉斯學派，我只是覺得用「黃金分割」的方法有時候可以衡量出想像力的靈魂。現在我們進入了本次討論的最後一個話題——死而復生。

我們讀到過很多死而復生的故事，這些故事有一個共同的規律，就是在復生時總要借助些什麼。在《封神演義》裡，那個拆肉還母、拆骨還父的哪吒，死後其魂魄借助蓮花而復生；《搜神記》裡的唐父喻借助王道平哭墳而復生；《白蛇傳》的許仙借助吃靈芝草復生；杜麗娘借助婚約復生；顏畿借助托夢復生；還有借助盜墓者而復生。

然而令我印象深刻的例子還是來自於法國的尤瑟納爾，儘管這個例子在我此前的文章裡已經提到過。尤瑟納爾在一個關於中國的故事裡，寫下了畫師王佛和他的弟子林的事蹟。裡面死而復生的片段屬於林，林的腦袋在宮殿上被皇帝的侍衛砍下來以後，沒過多久林的腦袋又回到了他的脖子上，林站在一條逐漸駛近的船上，在有節奏的蕩槳聲裡，船來到了師傅王佛的身旁。林將王佛扶到了船上，還說出了一段優美的話語，他說：「大海真美，海風和煦，海鳥正在築巢。師傅，我們動身吧，到大海彼岸的那個地方去。」尤瑟納爾在這個片段裡令人讚歎的一筆，是在林的腦袋被砍下後重新回到原位時的一句描寫，她這樣寫：「他的脖子上卻圍著一條奇怪的紅色圍巾。」這一筆使原先的林和死而復生的林出現了差異，也就出現了比例。不僅讓敘述合理，也讓敘述更加有力。我要強調的是，這條紅色圍巾在敘述裡之所以了不起，是因為它顯示了生與死的比例關係，正是這樣完美的比例出現，死而復生才會如此不同凡響。我們可以將紅色圍巾理解為血跡的象徵，也可以理解為更多的不可知。這條可以意會很難言傳的紅色圍巾，就是衡量想像力的「黃金律」。紅色圍巾使這個本來已經破碎的故事重新完成了構圖，並且達到了自然事物的最佳狀態。如果沒有紅色圍巾這條黃金分割線，我們還能在這個死而復生的故事裡看到想像力的靈魂飄然而至嗎？

二〇〇七年九月二十六日

篝火論壇——在網路上與讀者交談

二〇〇五年十月八日

我覺得作家和批評家是有很大區別的，批評家就是在面對經典作家時，仍然想方設法找到他們作品中的破綻。作家不一樣，作家總是更熱情地去發現同行的優秀品質，尤其是自身欠缺的品質。所以同樣一部優秀的作品，在作家那裡會獲得毫無保留的尊敬，可能只是幾個精彩的篇段感動了他，也已經足夠了。在批評家那裡，即使是最慷慨的讚揚都是有保留的，批評家總是更多地去關注那些不足之處，事實是任何一部偉大的小說都是有缺陷的，所以批評家總是理直氣壯。我不是批評家，我是寫小說的，當我決定對某一部小說評說幾句時，肯定是這部小說真正打動我了，至於它的缺陷，我不會去關心。所以在我寫下的文學隨筆裡，都是對同行的讚美，因為我熱情地讀完了這些作品；我不會為了批評和貶低的需要，去把一部根本就不吸引我的小說讀完。

二〇〇五年十月十日

我寫了二十多年小說了，今天看了你的留言，才知道自己是圍坐在篝火旁能講故事的那個人。這是我得到的最高評價，讀者和作者的友誼是最長久的，為什麼？因為他們的友誼最單純。在生活中，我只和一些熟悉的人打交道；在網路上，我開始學會和陌生人交往。網路讓我們坐在了一起，雖然我們互不相識，可是我們中間有篝火，大家互相尊重，這是前提，這樣我們才能坐到天亮，否則日出前就不歡而散。我以前去過幾個BBS，裡面充斥了謾罵別人吹噓自己之風，我不喜歡，我覺得博客這樣的地方好多了，單純和睦。我今天第一次動用了管理的權利，刪除了幾條廣告。有幾條批評我的話，我沒有驚動，因為他們的批評是善意的。以後若讀到惡意的留言，我就會刪除。

二〇〇五年十月二十五日

你所說的巴金的這句話我沒有聽到過，我倒是聽說巴金說過這樣一句話：「長壽是對我的懲罰。」當然這句話也是沒有得到證實的。可是想想一個九十多歲快一百歲的老人，在氣管切開後又在病床上忍受了幾年，這句話就顯得真實起來。一年多前，巴金病危，醫生覺得這次巴金可能真的要走了，巴金的家人也做好了準備，沒想到巴金又堅強地活了過來。李小林在電話裡對我說：「我爸爸的生命力真是頑強。」

二〇〇五年十月二十五日

我想到了另外的一個話題，別林斯基在評價托爾斯泰時，說《安娜·卡列尼娜》裡的每一個人物都是托爾斯泰。別林斯基說出了什麼是人的內心？那地方不是為了安放隱私，那是世界上最寬廣的地方。內心的寬廣讓托爾斯泰寫下了這麼多不同的人和這麼多不同的命運。與此相反，那些熱衷於描述自己隱私的，其實不是在表達自己的內心，是在表達自己的內分泌。一個作家一生寫下了眾多的人物，這些人物可能都是他自己。當他離世而去後，我想水至（網友）說得好，「我們應該從他身上看到還在的人。」

二〇〇五年十月二十七日

我今天起關閉手機，真正開始修改《兄弟》下部。家裡的電話九月中旬就不接聽了，我那時就開始修改，可是一個多月來一直被各種事務糾纏，我已經無法回到《兄弟》上部出版前的安靜之中了，這是一個教訓，以後不能再分上、下兩部出版了。我原來以為八月初就可以回到寫作中，到了九月仍然沒完沒了，我強行截止和《兄弟》上部相關的一切活動，結果別的活動冒出來了。通過這一次，我明白了不能用過去的經驗來想像今後的生活。今天我關閉了手機，覺得自己斷開了和外界的接觸，當然我不會斷開這個博客，我現在需要這個博客來讓自己感受到：我還在人間。

二〇〇五年十月二十九日

我在美國的編輯 Lu Ann 告訴我，蘭登書屋的美術編輯們都喜歡設計中國書籍的封面，因為他們可以充分地想像東方的情調。

二〇〇五年十一月三日

我九三年開始用電腦寫作，已經是三八六時代了。前面用手寫了十年，右手的食指和中指上都起了厚厚的繭，曾經驕傲過，後來認識了王蒙，看到他手指上的繭像黃豆一樣隆起，十分欽佩，以後不敢再驕傲了。九三年到現在已經十二年了，打這些字時仔細摸了一下自己右手的食、中二指，繭沒了。王蒙二八六時代就用電腦寫作了，比我早幾年，不過我敢確定他手指上的繭仍在，那是大半輩子的功力。我的才十年，那繭連老都稱不上。

二〇〇五年十一月三日

我從短篇小說開始，寫到中篇，再寫到長篇，是當時中國的文學環境決定的，當時中國可以說是沒有文學出版，起碼是出版不重要，當時的寫作主要是為了在文學雜誌上發表。現在我更願意寫長篇小說了，我覺得寫短篇小說是一份工作，幾天或者一、兩個星期完成，故事語言完全在自己的控制之中，不會出現什麼意外。寫長篇小說就完全不一樣了，一年甚至幾年都不能完成，作家在寫作的時候，筆下人物的生活和情感出現變化時，他自己的情感和生活可能也在變化，所以事先的構想在寫作的過程中會被突然拋棄，另外的新構想出現了，寫長篇小說就和生活一樣，充滿了意外和不確定。我喜歡生活，不喜歡工作，所以我更喜歡寫作長篇小說。

二〇〇五年十一月三日

我剛剛開始喜歡文學時，正在寧波第二醫院口腔科進修，有位同屋的進修醫生知道我喜歡文學，而且準備寫作，他以過來人的身分告訴我，他從前也是文學愛好者，也做過文學白日夢，他勸我不要胡思亂想去喜歡什麼文學了，他說：「我的昨天就是你的今天。」我當時回答他：「我的明天不是你的今天。」那是一九八〇年，我二十歲。

二〇〇五年十一月十五日

一些有關《兄弟》敘述語言的批評和你的一樣，先是說一口氣讀完，後又說語言拖遝。我的費解就在這裡：拖遝的語言如何讓人一口氣讀完？我想這可能是對語言功能理解上的差別。我的理解是，文學作品的語言不是為了展示自身的存在，是為了表達敘述的力量和準確。用一個簡單的比喻：文學敘述語言不是供人觀賞的眼睛，長得美或者不美；文學敘述語言應該是目光，目光是為了看見了什麼，不是為了展示自身，目光存在的價值就是「看見了」，敘述語言就像目光在生活的世界裡尋找著什麼，引導閱讀進入到故事人物和思想情感之中。中國傳統美學中的「烘雲托月」，可以用來解釋敘述語言的功能，就是畫月亮的時候只畫雲彩，不畫月亮，可是讓人看到的只有月亮，沒有雲彩。在我看來，一部小說的敘述，尤其是在長篇小說的敘述裡，語言應該功成身退。另外，下部是寫現在的故事，我正在修改，你放心，我沒有任何顧忌。

二〇〇五年十一月十五日

我所遇到的看過電影《活著》，也看過小說《活著》的人，都告訴我你上面的那句話：「電影遠比小說遜色得多。」我在想，張藝謀遇到人會不會對他說：「小說遠比電影遜色得多。」

二〇〇六年三月十八日

我覺得可以談論一下《兄弟》的語言了，因為下部就要出版。我想你已經注意到了上部中的一些流行語，這樣的流行語在下部中會更多地出現。回顧自己過去的作品，我很少，或者說不敢使用流行語，生活式的流行語和政治式的流行語，那是因為我過去的敘述系統拒絕它們進入。寫作的經驗告訴我，敘述的純潔和表達的豐富之間永遠存在著對立，作家必須時刻做出取捨，是維護敘述，還是保障鮮活？有時候兩者可以融為一體，有時候卻是水火不容。通常意義上，尋找一個角度來敘述的小說，我稱之為「角度小說」，往往可以捨棄其他，從而選擇敘述的純潔。可是正面敘述的小說，我稱之為「正面小說」，就很難做到這樣，這樣的小說應該表達出某些時代的特徵，這時候流行語就不可回避了。「角度小說」裡的時代永遠是背景，「正面小說」裡的時代就是現場了。流行語的優點是它們總能迅速地表達出時代的某些特徵，缺點是它們已經是陳詞濫調。我在寫作《兄弟》時，曾經對流行語的選擇猶豫不決，後來迫不得已，只好破罐子破摔，大規模地使用起了流行語。為什麼？二十多年的寫作讓我深知敘述是什麼？如果小心翼翼地少量使用流行語，那麼流行語在敘述裡的效果就會像一顆老鼠屎壞了一鍋粥一樣，與其這樣，還不如大規模地使用流行語，這叫蝨子多了不怕咬。

二〇〇六年三月二十六日

嚴鋒說我的《兄弟》寫得非常放肆，我想他可能主要是指下部，我同意他的話。回顧自己過去的寫作，我的每一部小說都是「收」回來敘述的，只有這部《兄弟》是「放」出去敘述的，尤其在下部。我想是自己經歷的兩個時代讓我這樣寫作，我第一次知道正面去寫作會帶來什麼？當時代的某些特徵不再是背景，而是現場的時候，敘述就會不由自主地開放了。寫作上部的時候，我就努力讓自己的敘述放肆，可是被敘述的時代過於壓抑，讓我的敘述總是喘不過氣來。到了下部，進入了今天這個時代，我的敘述終於可以真正放肆。為什麼？是因為我們生活在一個放肆的時代裡。比起我們現實的荒誕，《兄弟》裡的荒誕實在算不了什麼，我只是集中起來敘述而已。我非常同意嚴鋒的話，他說：「我們今天最大的現實就是超現實。」

二〇〇六年三月三十日

《兄弟》上部和下部的敘述差距，我想是來自於兩個時代的差距。去年八月上部出版時，應責任編輯請求，我為封底寫了一個後記，我說上部是「精神狂熱、本能壓抑和命運慘烈」，下部是「倫理顛覆、浮躁縱欲和眾生萬象」，我用了「天壤之別」這個成語來區分這兩個時代，是希望上部和下部的敘述所表達出來的也能天壤之別，我不敢說自己已經做到了，不過上下兩部確實不一樣。我要說的是，天壤之別的兩個時代在敘述中表現出來時，如果沒有差距的話，應該是作者的失敗。

二〇〇六年三月三十日

這是童年對我們的控制，我一直認為童年的經歷決定了一個人一生的方向。世界最初的圖像就是在那時候來到我們的印象裡，就像是現在的影印機一樣，閃亮一道光線就把世界的基本圖像複印在了我們的思想和情感裡。當我們長大成人以後所做的一切，其實不過是對這個童年時就擁有的基本圖像做一些局部的修改。當然有些人可能改動的多一些，另一些人可能改動的少一些。很多年前我在和一個朋友的對話裡說，「我只要寫作，就是回家。」我的每一次寫作都讓我回到南方，無論是《活著》和《許三觀賣血記》，還是現在的《兄弟》，都是如此。在經歷了最近二十年的天翻地覆以後，我童年的那個小鎮已經沒有了，我現在敘述裡的小鎮已經是一個抽象的南方小鎮了，是一個心理的暗示，也是一個想像的歸宿。

二〇〇六年四月十日

十多年前我剛剛發表《活著》時，有些朋友很吃驚，因為我出乎他們意料，一個他們眼中的先鋒作家突然寫下一部傳統意義上的小說，他們很不理解。當時我用一句話回答他們：「沒有一個作家會為一個流派寫作。」現在十多年過去了，我愈來愈清楚自己是一個什麼樣的作家。我只能用大致的方式說，我覺得作家在敘述上大致分為兩類，第一類作家通過幾年的寫作，建立了屬於自己的成熟的敘述系統，以後的寫作就是一種風格的敘述不斷延伸，哪怕是不同的題材，也都會納入到這個系統之中。第二類作家是建立了成熟的敘述系統之後，馬上就會發現自己最拿手的敘述方式不能適應新題材的處理，這樣他們就必須去尋找最適合表達這個新題材的敘述方式，這樣的作家其敘述風格總是會出現變化。我是第二類的作家。二十年前我剛剛寫下《十八歲出門遠行》時，以為找到了自己一生的敘述方式。可是到了《活著》和《許三觀賣血記》，我的敘述方式完全變了，當時我以為自己還會用這樣的方式寫下幾部小說。沒有想到寫出來的是《兄弟》，尤其是下部，熟悉我以前作品的讀者一下子找不到我從前的敘述氣息。說實話，《兄弟》之後，我不知道下一部長篇小說是什麼模樣？我現在的寫作原則是：當某一個題材讓我充分激動起來，並且讓我具有了持久寫下去的欲望時，我首先要做的是盡快找到最適合這個題材的敘述方式，同時要努力忘掉自己過去寫作中已經嫻熟的敘述方式，因為它們會干擾我尋找最適合的敘述方式。我堅信不同的題材應該有不同的表達方式，所以我的敘述風格總會出現變化。我深感幸運的是，總是有人理解我的不斷變化。有網友說：「為什麼我們不可以先放下以往的余華，為什麼我們不可以從《兄弟》本身來閱讀，試圖了解到作者到底通過這樣的一本書告訴我們什麼？」

二〇〇六年四月十六日

《兄弟》下部正式出版快有一個月了，我沒有想到它會引起這麼多的爭議。去年八月上部出版時已經出現的爭議，現在也被下部帶來的爭議所稀釋了。我原來以為讀者對下部可能會有更多的認同，這畢竟是我們正在經歷的一個時代，結果我發現自己錯了，很多讀者反而對上部更容易認同。現在我明白了一個道理，

《兄弟》上部所處的時代，文革的時代已經結束和完成，對已經完成的時代，大家的認識容易趨向一致；而《兄弟》下部的時代，從八十年代一直到今天，是一個未完成的還在繼續的時代，身處這樣一個每天都在更新的時代裡，地理位置和經濟位置的不同，人生道路和生活方式的不同，以及諸如此類的更多的不同，都會導致極端不同的觀點和感受。從社會形態來看，文革的時代其實是單純的，而今天這個未完成的時代實在是紛繁複雜。

二〇〇六年四月十七日

去年《兄弟》上部出版時，一位女記者採訪我時，我說到佘祥林的遭遇充分說明了我們生活在荒誕之中，可是這位女記者根本不知道差不多已經家喻戶曉的佘祥林案件，我想她對化妝品的品牌和服裝的品牌可能非常了解。過去的一個多月裡，我幾次說過，一個生活在今天的人，應該更多地關心別人的生活，尤其是關心素昧平生的人的生活，因為更多地關心別人的生活，才可以更多地了解自身的生活。同時我也幾次說過，作為一個中國作家，我生活在一個千載難逢的時代裡。我還說過艾略特的一行詩句：「鳥說，人類不能忍受太多的真實。」

二〇〇六年四月十七日

為什麼作家的想像力在現實面前常常蒼白無力？我們所有的人說過的所有的話，都沒有我們的歷史和現實豐富。《兄弟》僅僅表達了我個人對這兩個時代的某些正面的感受，還不是我全部的感受，我相信自己的感受是開放的和未完成的。即便我有能力寫出了自己全部的感受，在這兩個時代的豐富現實面前，就是九牛一毛的程度也不會達到。《兄弟》的出版，讓我經受了寫作生涯裡最為猛烈的嘲諷，認真一想這是很正常的。很多年前，文學界的一些人常以自己的狹隘為榮，驕傲地宣稱除了文學，不關心其他的。現在文學界這樣的人仍然不少。

二〇〇六年四月二十一日

這部小說最先是用第一人稱的敘述方式寫的，而且是一個無賴的講述。後來發現第一人稱，那個無賴的「我」無法表達出更多的敘述，其實在上部宋凡平死後的敘述段落裡，已經沒有「我」的空間了，到了下部也很難給「我」有立足之地，於是將敘述方式修改成了偽裝的第三人稱，可是由於語調已經形成，很難糾正過來，所以我用了「我們劉鎮」，事實上我也不知道這個故事的講述者究竟是誰？有時候是一個人，有時候是幾個人，有時候是幾百上千人，我能夠知道的就是故事講述的支點，這是從二〇〇五年開始講述的故事，這樣有利於流行語的大量使用。我的感受是，這個「我們劉鎮」的講述者玩世不恭，在下部的大部分篇幅裡，這個「我們劉鎮」都是狗嘴裡吐不出象牙，幾乎嘲諷了所有的人，只有在涉及宋鋼的段落時，「我們劉鎮」才有了憐憫之心。

二〇〇六年四月二十一日

雖然我寫下了《兄弟》，可是我沒有你這麼悲觀。縱觀中國這一百年的歷史，從社會形態來看，文革這個時代其實是這一百年裡面最為單純的，而今天這個時代是最為複雜的。文革是一個極端，今天又是另一個極端，一個極端壓抑的時代在社會形態劇變之後，必然反彈出一個極端放蕩的時代。我的預期是，今天這個時代的放蕩和荒誕差不多應該見頂了，應該到了緩緩回落的時候了。我相信，或者更準確地說是我希望，接下去的十年或者二十年裡，中國的社會形態會逐步地趨向於保守，趨向於溫和，因為我們人人需要自救。

二〇〇六年四月二十一日

我寫下過荒誕的小說，但是我不認為自己是一個荒誕派作家，因為我也寫下了不荒誕的小說。荒誕的敘述在我們的文學裡源遠流長，已經是最為重要的敘述品質之一了。從二十世紀西方文學的傳統來看，荒誕的敘述也是因人因地因文化而異，比如貝克特和尤奈斯庫的作品，他們的荒誕十分抽象，這和當時的西方各路思潮風起雲湧有關，他們的荒誕是貴族式的思考，是飽暖思荒誕。卡夫卡的荒誕是飢餓式的，是窮人的荒誕，而且和他生活的布拉格緊密相關，卡夫卡時代的布拉格充滿了社會的荒誕性，就是今天的布拉格仍然如此。我有兩個朋友先後去過布拉格，回來後向我講述那裡發生的種種荒唐事，最後都是感嘆地說：「現在知道那個城市為什麼會產生卡夫卡了。」還有馬奎斯的荒誕，那是拉美政治動盪生活離奇的見證，今天那裡仍然如此，前天晚上我的巴西譯者修安琪向我講述了現在巴西的種種現實，我聽得驚心動魄，在這裡實在是難以表述出來，她講得太多了。美國的黑色幽默也是荒誕，是海勒他們那個時代的見證。我要說的是，荒誕的敘述在不同的作家，不同的時代，不同的民族那裡表達出來時，是完全不同的。用卡夫卡式的荒誕去要求貝克特是不合理的，同樣用貝克特式的荒誕去要求馬奎斯也是不合理的。這裡浮現出來了一個重要的閱讀問題，就是用先入為主的方式去閱讀文學作品是錯誤的，偉大的閱讀應該是後發制人，那就是懷著一顆空白之心去閱讀，在閱讀的過程裡內心迅速地豐富飽滿起來。因為文學從來都是未完成的，荒誕的敘述品質也是未完成的，過去的作家已經寫下了形形色色的荒誕作品，今後的作家還會寫下與前者不同的林林總總的荒誕作品。文學的敘述就像是人的骨髓一樣，需要不斷造出新鮮的血液，才能讓生命不斷前行，假如文學的各類敘述品質已經完成了固定了，那麼文學的白血病時代也就來臨了。

二〇〇六年五月十三日

這次的主題是「潘朵拉的盒子被打開了」。這是我的一位老朋友萬之說《兄弟》的，萬之是中國八十年代初期重要的小說家，後來因為專業研究西方戲劇，以及漂泊海外和旅居瑞典之後，寫作小說的時間愈來愈少。我和他十年沒見了，這次在斯德哥爾摩朝夕相處了四天，他隨身揹著的黑包裡放著我送給他的《兄弟》上部和下部，他間隙地讀完了，他從網上知道這部小說引起的爭議，他讀完後告訴我，這部小說引起爭議一點都不奇怪。他說我寫作的膽子是愈來愈大，他有很多美妙的分析，我這裡不再複述，也許有一天他自己會認真地說出來。他說為什麼會有這麼多人不喜歡《兄弟》的下部，是因為我在下部裡敘述了一個潘朵拉的盒子被打開後的時代。這句話讓我為之一震，在斯德哥爾摩機場和萬之揮手告別後，我繼續在歐洲旅行，可是我每一天都會想起他的這句話。

今天這個時代，從種種社會弊病來看，可以說是群魔亂舞。我反思自己在這個潘朵拉的盒子被打開後的時代裡又是一個怎麼樣的角色？也許我也在亂舞，可能我只是一個區區小魔。在哥本哈根等待去奧斯陸的飛機時，我意外地發現自己乘坐的挪威航空公司的飛機上印著易卜生的頭像，我想起來二十多年前的時候，如何閱讀了他的《培爾．金特》，一部讓很多人不高興的詩劇。我還想起易卜生曾經說過的一句話：「每個人對於他所屬的社會都負有責任，那個社會的弊病他也有一份。」

很多人已經習慣在潘朵拉的盒子被打開後的生活，可是有多少人願意承認這個事實？我經歷了《兄弟》上部和下部所敘述的兩個時代，我明白了自己為什麼會寫出這麼多的弊病？因為我也有一份。

關鍵字：日常生活

如果關於我的寫作應該有一個關鍵字，那麼這個詞彙就是日常生活。日常生活貌似平淡和瑣碎，其實豐富寬廣和激動人心，而且包羅萬象。政治、歷史、經濟、社會、體育、文化、情感、欲望、隱私等等，都存在於日常生活之中。

比方說，今天很多中國人喜歡與鳥巢和水立方合影留念，這已經是日常生活中的內容。這樣的舉動不僅包含了奧林匹克，也包含了當代中國在政治、社會、經濟和文化等諸多方面的變化，因為鳥巢和水立方已經是今天中國的象徵。同時，這個日常生活中的普遍舉動也勾起了我遙遠的隱私。文革時期我正值少年，生活在中國南方的小鎮上，我最大的願望就是能夠前往北京，在天安門廣場前拍照留影，這幾乎是我少年時代最為強烈的情感和最為衝動的欲望，可是這樣的願望對於那時候的我來說過於奢侈，我只能在小鎮的照相館裡，站在天安門廣場的布景前拍下一張照片，彷彿我真的到過天安門廣場了，遺憾的是照片上的天安門廣場空空蕩蕩，只有獨自一人的我，這是在布景前照相的唯一瑕玼。當今天很多中國人與鳥巢和水立方合影時，我與一些同齡的朋友們說起自己這張舊照，才知道他們也都有一張站在天安門廣場布景前的照片。我們感慨不已，沉浸在歷史的記憶之中。

這就是我的寫作，從中國人的日常生活出發，經過政治、歷史、經濟、社會、體育、文化、情感、欲望、隱私等等，然後再回到中國人的日常生活之中。

哀悼日

今天是汶川地震的第一個哀悼日，下午十四點二十八分，我住所樓下的街道上人群肅立，車輛排成長龍；我聽到喇叭長鳴，還有陣陣汽笛聲從電視裡呼嘯而出。默哀之後，我重讀了自己的舊作《夏季颱風》。這部小說的寫作開始於一九八九年夏天，完成於一九九〇年冬天。

彷彿是故友重逢，親切和陌生之感同時來到。這是一個有關一九七六年唐山地震的小說，故事發生的地點是距離唐山千里之外的南方小鎮。就像五月十二日下午汶川地震時，我在千里之外的北京住所也搖晃起來，在住所安靜以後，吊燈仍然在搖晃。我想，這就是影響。我在《夏季颱風》裡抹去了具體的地點，可是裡面的感受全部來自於我十六歲時候的浙江海鹽。現在我用四十八歲時汶川地震時的感受，重溫了十六歲時唐山地震時的感受。影響就是這樣，時間不能限制它，空間也不能限制它，它無處不在，而且隨時出現。

《夏季颱風》與其說是一個關於地震的故事，不如說是一個關於對地震恐懼的故事。這個故事喚醒了我很多真實的記憶。一九七六年唐山地震以後，我生活的海鹽也發生了一次地震，於是人們紛紛露宿操場、空地和街邊，那個夏天人人覺得唐山發生過的地震馬上就要在海鹽發生了。如同小說裡所描寫的那樣，由於當時資訊的閉塞，只能依賴街頭傳言，唯一權威的聲音來自縣廣播站的廣播，可是我們縣裡廣播站預報地震時的依據是來自鄰縣的廣播，昨天剛說沒有地震，今天又說有強力地震了。人們被縣裡的廣播來回折騰，這個最具權威的聲音到頭來成為了最大的謠言中心。這個故事就是表達了這樣的狀態，人們在筋疲力竭之後只剩下昏昏沉沉的狀態。

巨鹿路六七五號

我不會忘記第一次去《收穫》編輯部的情景，那是二十年前初秋的一個上午。我小心謹慎地來到巨鹿路六七五號的院子裡，沿著環形樓梯走到三樓，看到一個女編輯正在認真讀稿，敞開的門上貼著一張《收穫》雜誌的封面，我確定自己找對地方了，輕聲問讀稿的女編輯：

「肖元敏在嗎？」

女編輯抬起來說：「我就是。」

此前肖元敏給我寫信，告訴我《收穫》準備在第五、第六兩期發表我的兩部中篇小說，其中一部有些地方需要改動一下，肖元敏將原文和改動的都認真地抄寫在信紙上，徵求我的意見。這是我第一次感受到編輯對作者的尊重，當時我是無名小輩，肖元敏的信讓我有些狂妄自大，覺得自己是大作家了。後來才知道，這是巴金和靳以創辦《收穫》時就開始的傳統，無論作者名聲大小，都會在《收穫》這裡得到同樣的尊重。

為什麼我接近四分之三篇幅的作品是發表在《收穫》上的？這就是原因。現在《收穫》雜誌創刊五十周年了，我有兩個驚喜：第一個驚喜是竟然有二十年和我有關；第二個驚喜是《收穫》仍然年輕，也就是比我大三歲。

二〇〇七年七月二十五日

兒子的固執

去年十一月我們在哈佛大學的時候，周成蔭教授讓一位學生帶著余海果在波士頓到處遊玩，那位學生後來笑著告訴我，說余海果的語言很特別，她有一次抓住余海果的手腕，可能使了點勁，余海果不說捏重了，他說：

「你捏住我的血管了。」

我記得余海果還在幼稚園上學的時候，有時我會突然吼他一聲。有一天他認真地告訴我，這突然的吼聲對他的傷害很大，他做了一個比喻，他說：

「好比是拿著搖控器，咔嚓一下把電視關了一樣，你會咔嚓一下把我的生命關了。」

我和余海果相處十一年了，我經常被他奇怪和特別的比喻吸引。當他上了小學，開始寫作文以後，他的比喻總是在那些錯別字和病句中間閃閃發亮。

余海果一直聲稱自己不喜歡寫作。這次他跟著我和陳虹在美國和法國轉了八個月，看了很多風格迥異的建築，於是聲稱自己迷上建築了。在美國我們跑了十多個城市和二十多所大學，他說最喜歡的是史丹福大學，他喜歡史丹福的房子。因為在柏克萊住了三個月，他也喜歡柏克萊加州大學，他說喜歡校園裡的坡度。

余海果開始寫作文的時候，就會把自己關進小屋子，過一會兒出來宣布一下，已經寫了多少個字了，然後又進去繼續寫作，再過一會兒又出來一下，又宣布寫了多少個字了。他每寫幾個字都要重新清點一下總共有多少字了，這是他寫作最初的成就感。

〈在美國釣魚〉是余海果迄今寫得最長的一篇作文，這篇作文對他意義重大，這之後他不屑於點算字數了，開始點算頁碼。當他從自己的小房間出來，宣布自己又寫了半頁，或者又寫了一頁。然後像是經歷了一次長跑一樣，疲憊地說要讓自己休息一下了。

我和陳虹曾經希望他多寫幾篇關於美國的作文，我們在愛荷華城住了兩個多月，在鬼節的那個晚上，他和兩個同齡的孩子挨家挨戶去要糖果，最後揹著一大袋糖果回家，倒在桌子上清點時得意洋洋。之後的感恩節我們又在洛杉磯度過，他去了朝思暮想的狄斯奈樂園和環球影城，他還在我們住的希爾頓酒店的露天泳池裡游泳，他說喜歡洛杉磯，因為這是一個冬天還能露天游泳的城市。耶誕節的時候我們已經在三藩市了，晚上我們專門去了一個教堂，在肅靜的氣氛裡他坐立不安，神父在講述的時候，他偷偷告訴我，他快要得憂鬱症了。紐約的曼哈頓和芝加哥的市中心氣勢恢弘，行走在那裡的街道上就像是行走在峽谷裡。還有北卡安靜的小鎮，還有燈火輝煌的拉斯維加斯……有很多可以寫作的經歷，他在愛荷華城的赫爾斯曼小學和柏克萊的拉孔特小學分別上了兩個月的課，與美國孩子在一起的經歷。我們都希望他寫一寫，但是他搖頭，他說寫作一定要自己想寫了才能寫好。

前幾天他突然自己想寫作了，他上衛生間時沒有開燈，他坐在黑暗的裡面突然有了一種黑暗的感覺，這種感覺讓他深感不安，他從衛生間裡出來時告訴我們，他想好了一首詩，題目叫〈地下一層〉。我們家在二十層，可是衛生間的黑暗讓他寫下了這首〈地下一層〉，他褲子都來不及繫好，就趕緊在本子上記下了他的詩，然後用他脆生生的聲音朗讀起來：

地下一層，永久的平靜，

地下一層，汽車的監獄，

地下一層，一個見不著陽光的悲劇，

地下一層，一片枯死在地下的根。

我說把「監獄」用在「汽車」的後面是不是過重了？我覺得應該用一個溫和的詞來代替「監獄」。他不同意，他說他要表達的是他在黑暗中的感覺。

那個曾經帶著他在波士頓遊玩的哈佛學生告訴我，余海果喜歡拿著攝像機到處拍攝，當別人告訴他應該拍攝什麼時，他總是搖頭拒絕，他說：

「我有自己的藝術感覺。」

二〇〇四年十月八日

寫給兒子的信

親愛的兒子：

你好！節日快樂！！快樂無邊！！！

每年的六月一日，是全世界孩子們的節日。這一天孩子們為大，是這一日的主人。兒子，在這一日，你要為自己造一間快樂的水晶屋，將一切煩惱拒之門外。你要知道這種一塵不染的快樂，只有孩子才擁有，那是上帝特別給孩子的恩惠，但它不是永遠的禮物，隨著長大成人它會消失在風中。所以你一定要珍惜，你要專注地快樂，狠狠地快樂，快樂得把自己拋到白雲上面。

天下所有的父母都一樣，都因自己的兒女而幸福，而我們認為我們是世界上最幸福的父母。從出生到現在，你給我們帶來了太多的歡樂和感動，太多的美好記憶和不一樣的生活形態。你使爸爸和媽媽的人生更為豐富和飽滿，也使我們的家庭完美起來，並且堅不可摧。無論是遠處的誘惑，還是近處的美麗，都無法波及我們。因為我們有你。你在哪裡，我們的家就在哪裡，我們的愛就在哪裡。你不僅是我們的小開心果，也是我們的方向和目標。你還是我們的核心，我們的幸福之根，歡樂之源。

說起來慚愧，你帶給我們那麼多幸福，我們卻沒有好好地對你說聲謝謝。在平時的生活中，總是你在用脆生生的嗓音說謝謝爸爸、謝謝媽媽，其實我們也要謝謝你，謝謝你帶給我們的一切，謝謝你在我們身邊的時時刻刻。

也許上帝知道我們有多麼愛你，可是上帝也無法言說。儘管有時我們狠狠地批評你，重重地指責你，但那都是源於對你的愛。即使因為種種原因，在教育你時情緒失控，態度不夠冷靜，方法不夠恰當，你也不要懷疑我們的愛。我們有做得不好的地方，你一定要說出來，我們會認真對待，盡量改正。總之千萬不要把它變成怨恨積在心裡，最後愈積愈厚會變成一堵牆，會橫在我們中間。接下來你馬上就要進入初二，據說初二的孩子反叛情緒更強，特別容易和父母發生摩擦。所以我們一起努力，多溝通，多理解，多包涵，共度這個多事之秋，好嗎？

還記得爸爸經常摟著你的肩，拍著你的背，笑嘻嘻地說：「我們多年父子成兄弟，對嗎，兒子？」其實爸爸這樣說，不僅要向你傳達一種平等意識，也是想告訴你，我們不只是你的父母，我們也想成為你無話不談的朋友。

最後，我們要告訴你，我們這一生所做的最重要的選擇，不是你爸爸選擇了小說，你媽媽選擇了詩歌，而是十三年前，在北京中西醫結合醫院的長廊裡所做出的那個選擇：「我們要這個孩子。」儘管那時我們還沒有做好要孩子的準備，但在那個流淌夏日陽光的長廊裡，我們伸出手接住了來自天堂的孩子，那個孩子就是你，我們叫你余海果。

節日快樂，兒子！

最愛你的爸爸和媽媽

二〇〇七年五月三十日

註：這是我兒子念初一時，學校老師要求每個家長給孩子寫信，當時我在國外，我妻子陳虹代表我們兩個寫下了這封信。現在我兒子即將前往美國上大學，我用這封美好的信來結束這部散文集。（二〇一二年六月八日）

國家圖書館出版品預行編目 (CIP) 資料

錄像帶電影 / 余華作 . -- 初版 . -- 臺北市 :
麥田 , 城邦文化出版 :
家庭傳媒城邦分公司發行 , 2013.01
面； 公分 . -- (余華作品集 ; 9)
ISBN 978-986-173-857-4(平裝)

855 101025896

余華作品集 10

錄像帶電影

作　者	余華
責任編輯	林秀梅、莊文松
副總編輯	林秀梅
編輯總監	劉麗真
總 經 理	陳逸瑛
發 行 人	涂玉雲
出　版	麥田出版 城邦文化事業股份有限公司 104 台北市中山區民生東路二段 141 號 5 樓 電話：（886）2-2500-7696 傳真：（886）2-2500-1966、2500-1967 麥田部落格：http://blog.pixnet.net/ryefield
發　行	英屬蓋曼群島商家庭傳媒股份有限公司城邦分公司 104 台北市中山區民生東路二段 141 號 11 樓 書虫客服服務專線：(886)2-2500-7718；2500-7719 24 小時傳真服務：(886)2-2500-1990；2500-1991 服務時間：週一至週五 09:30-12:00；13:30-17:00 郵撥帳號：19863813 戶名：書虫股份有限公司 讀者服務信箱 E-mail：service@readingclub.com.tw 歡迎光臨城邦讀書花園 網址：www.cite.com.tw
香港發行所	城邦（香港）出版集團有限公司 香港灣仔駱克道 193 號東超商業中心 1 樓 電話：(852)2508-6231 傳真：(852)2578-9337 E-mail：hkcite@biznetvigator.com
馬新發行所	城邦 (馬新) 出版集團【Cite(M)Sdn. Bhd】 41, Jalan Radin Anum, Bandar Baru Sri Petaling, 57000 Kuala Lumpur, Malaysia. 電話：(603)9057-8800 傳真：(603)9057-6622 E-mail:cite@cite.com.my
設　計	一瞬設計 (蔡南昇／吳之正／張鎔昌）
印　刷	前進彩藝有限公司

2013 年 1 月 1 日 初版一刷
定價／ 280 元
ISBN 978-986--173-857-4